文春文庫

邪悪なものの鎮め方

内田 樹

文藝春秋

邪悪なものの鎮め方

目次

第四章　まず隗より始めよ　遂行的予言集

第五章　愛神愛隣　共生の時代に向かって

邪悪なものの鎮め方

まえがき

みなさん、こんにちは、内田樹です。

お買い上げありがとうございます。まだ購入されないで立ち読みしている人も、お手にとっていただきましたことについてお礼を申し上げます。「眼が合った」という以上、何かのご縁があったのでありましょう。とりあえず薄茶代わりに「まえがき」だけでも読んでいってください。

この『邪悪なものの鎮め方』というタイトルはずいぶん前に思いついたものです。もう六、七年前に、武術家の甲野善紀先生、精神科医の名越康文先生、それから神戸女学院大学の同僚で日本文学研究の飯田祐子先生と冬弓舎の内浦亨さんと五人で有馬温泉に泊まり込んで、一夜、ひたすら「怖い話」だけをするというイベントがありました。

どうしてそんな企画を私がプロデュースしたかというと、その頃「邪悪なもの」に興味があったのです。

甲野先生はもともと霊術関係のことについてはたいへんお詳しく、現にいろいろな超常現象に遭遇されています。名越先生は精神病院の救急に長くお勤めでしたから、人間の脆さについては熟知されておられます。このお二人にたっぷり「怖い」話を語っていただき、人間的な「ものさし」が効かなくなる局面を人間はどう生き延びるのか、それについてテクニカルな提言を頂こうという趣向のものでした。内浦さんは録音係。飯田先生と私が「怖がり役」でした。セッションは夕方に始まり、翌日の昼過ぎまで二二時間にわたって行われました(私は途中で眠ってしまいましたが、あとのみんなは起き続けていたそうです)。それだけ「怖い話」のストックがあったということです。

その録音を起こして、それを『邪悪なものの鎮め方』という本にして冬弓舎から出すはずだったのですが、このテープを聴いた人たちの身に次々と怪事件が起こり……というのは嘘ですけれど、とにかくさっぱり作業が捗らず、録音テープも内浦さんから(この本の編集者である)安藤さんの手に移り、そうこうしているうちにいつのまにか「幻の企画」となったのであります。

本書はその「幻の企画」がついに実現した本ではなくて、タイトルだけそのときのものを流用しましたけれど、コンテンツは違います。いつものコンピ本と同じ趣向で、今回は私のブログからおもに「呪い」に関するトピックを扱ったものを安藤さんが選り出してくれました。「邪悪なものを鎮める」ことが喫緊の課題であるという認識が「幻の企画」との唯一の共通点です。

「邪悪なもの」とは何でしょう。

別に実体があるわけではありません。悪魔とか吸血鬼とかゾンビとかジェイソンとかが跳梁跋扈《ちょうりょうばっこ》して災厄をなすのだが、それをどう退治するかというようなスペクタキュラーな話ではありません。

「邪悪なもの」を構成する条件はとりあえず二つあります。

一つは、「それ」とかかわるときに、私たちの常識的な理非の判断や、生活者としての倫理が無効になるということ。「どうしていいかわからない」ということです。渡り合うか、折り合うか、戦うか、スルーするか……いろいろ対応はありそうですけれど、「こういう場合にはこうした方がいい」というガイドラインはない。

もう一つは、だからといって何もしないで手をつかねていれば必ず「災厄」が起こるということ。

つまり、「邪悪なもの」との遭遇とは、「どうしていいかわからないけれど、何かしないとたいへんなことになるような状況」というかたちで構造化されているということです。

他の本もそうですけれど、私はここ数年「どうふるまっていいかわからないときに適切にふるまうためにはどうすればいいか」というなんだかわかりにくい問いをめぐって考えてきました。

経験的に言って、「どうふるまっていいかわからないとき」にでも適切にふるまうことができる人間がいます。判断を下すために十分なデータがないときでも正しい判断を下すことができる人間がいます。彼らはその段階では未知であることについて、先駆的に知っている。どうして、そういうことができるのかわからないけれど、時間を少しだけ「フライング」して、未来を一瞥《いちべつ》してきている（ように見える）。

そして、「邪悪なもの」との遭遇というのは、「どうしていいかわからないけれど、とにかくえらいことになっている」ということで定義されるわけですから、「邪悪なもの」を鎮めるためには、この状況から脱出する方位について逡巡することなく、「こっち」とはっきり指示できるような知がどうしても必要です。

その問題を解決する手だてが示されていないときに、過たずその手だてを選ぶことができるような知、私はそれを「先駆的な知」と呼んでいます。喩えて言えば、「清水の舞台から飛び降りる」というような切羽《せっぱ》詰まった状況において、下を見ずに「えいや」と欄干《らんかん》を超えても、ちゃんとセーフティネットが張ってあるところに飛び降りることができるような直感の働きのことです。

「邪悪なもの」をめぐる物語は古来無数に存在します。そのどれもが「どうしていいかわからないときに、正しい選択をした」主人公が生き延びた話です。主人公はどうして生き延びることができたのでしょう。

私自身のみつけた答えは「ディセンシー」（礼儀正しさ）と、「身体感度の高さ」と、

「オープンマインド」ということでした。
どうしてそういうことになるのか。それについては本文をお読みください。

第一章

物語のほうへ

邪悪なもののコスモロジー

「父」からの離脱の方位

『1Q84』は記録的な売れ行きらしい。今の段階で、発売一週間で九六万部。ミリオンを超えることは確実で、『ノルウェイの森』の四五〇万部という記録を塗り替えるかもしれない。

おそらくメディアはこれから、この本の文学作品としての意味より、なぜこれがこれほどの社会的な「事件」を引き起こしたのかの方に多くの紙数を割くようになるだろう。メディアが『1Q84』を「事件」として扱い、膨大な非文学的言説が行き交うようになる前の短い空白の間に、この作品についてまだ誰の感想も聞いていないイノセントな状態で、自分ひとりの感想を書き付けておきたい。

ムラカミ・ワールドにはひとつの物語的な原型がある。それは「コスモロジカルに邪悪なもの」の侵入を「センチネル」(歩哨)の役を任じる主人公たちがチームを組んで食い止めるという神話的な話型である。

『羊をめぐる冒険』、『ダンス・ダンス・ダンス』、『世界の終りとハードボイルド・ワンダーランド』、『アフターダーク』、『かえるくん、東京を救う』……どれも、その基本構造は変わらない。

「邪悪なもの」は物語ごとにさまざまな意匠（「やみくろ」や「ワタヤノボル」や「みみず」などなど）をまとって繰り返し登場する。この神話構造については、エルサレム賞のスピーチで村上春樹自身が語った「壁と卵」の比喩を思い浮かべれば、理解に難くないはずである。

このスピーチの中では、「邪悪なもの」とは「システム」と呼ばれた。「システム」はもともとは「人間が作り出したもの」である。それがいつのまにかそれ自体の生命を持って、人間たちを貪《むさぼ》り喰い始める。システムの前に立つと、ひとりひとりの人間たちは「壁にぶつけられる卵」のように脆弱である。けれども、「卵の側に立つ」以外に、人間が「システマティック」な世界をわずかなりとも「人間的なもの」に保つためにできることはほとんどない。

『1Q84』では、「邪悪なもの」は「リトル・ピープル」と名づけられる。それとの戦いが現実の1984年とは違う「1Q84年」という神話的な闘技場で展開する。

戦うのは「青豆」という名の女性主人公と「天吾」という名の男性主人公。彼らはそれぞれ「武器」と「物語」を手にして、「タマル」と「ふかえり」というパートナーとともに、絶望的な戦いに挑む。

基本構造は変わらない。

しかし、今回の長編にはかつてない大きな変化が見られた。それは「父」が前面に登場してきたことである。

村上作品に「父」が登場することは少ない（「絶無」と言ってもいいくらいである）。分析的な意味での「父」とは単なる生物学的な父のことではない。「父」とは「世界の意味の担保者」のことである。世界の秩序を制定し、すべての意味を確定する最終的な審級、「聖なる天蓋」のことである。

どの社会集団もそれぞれに固有の「ローカルな父」を持っている。「神」や「天」という名を持つこともあるし、「絶対精神」や「歴史を貫く鉄の法則性」と呼ばれることもあるし、「王」や「預言者」という人格的なかたちをとることもある。その世界で起きていること（善きにつけ悪しきにつけ）を何かが専一的に「マニピュレイト」しているという信憑を持つ社会集団はその事実によって「父権制社会」である。どれほど善意であっても、弱者や被迫害者に同情的であっても、「この世の悪は『マニピュレイター』が操作している」という前提を採用するすべての社会理論は「父権制イデオロギー」である。だから、「父権制イデオロギーが諸悪の根源である」という命題を語る人は、そう語ることで父権制イデオロギーの宣布者になってしまう。この蜘蛛の糸から逃れることはむずかしい。

なぜ、私たちは「父」を要請するのか。

それは、私たちが「世界には秩序の制定者などいない」という「真実」に容易には耐えることができないからである。

現実には、私たちは意味もなく不幸になり、目的もなく虐待され、何の教化的意図もなく罰せられ、冗談のように殺される。天変地異は善人だけを救い、悪人の上にだけ雷撃や火山岩を落とすわけではない。もっとも惜しむべき人が夭逝《ようせい》し、生きていることそのものが災厄であるような人間に例外的な健康が与えられる。そんな事例なら私たちは飽きるほど見てきた。

では、世界はまったく無秩序で、すべてのことはランダムに起きているのかといったら、そうではない。

そこには部分的には「秩序のようなもの」がある。

世界を包摂するような汎通的な秩序は存在しない。けれども、とりあえず自分の手の届く範囲に、「秩序のようなもの」を打ち立てることは可能である。

現に、自然科学がそうである。私たちはいまだに全宇宙の秩序を解明するような「統一原理」の発見に至っていない。今後も至ることはないだろう。けれども、局所的に妥当する仮説は日々提唱され続けており、それによって、局所的には「秩序のようなもの」が成立している。

判断がフェアで、身体感受性が高く、想像力の行使を惜しまない人々が協働している集団があれば、そのささやかな集団とその周辺では局所的には「秩序のようなもの」が「無秩序」を相対的には制するだろう。むろんそれはあくまで、一時的、相対的な勝利にすぎない。その「秩序のようなもの」を一定以上の範囲に拡げることはできない。

そのような「秩序のようなもの」はローカルである限りという条件を受け容れてのみ秩序らしく機能し、普遍性を要求した瞬間にふたたび無秩序のうちに崩落する。

そういうものなのだ。

これまでも繰り返し書いているように、正義を一気に全社会的に実現しようとする運動は必ず粛清か強制収容所かその両方を採用するようになる。歴史はこの教訓に今のところ一つも例外がないことを教えている。

世界に一気に正義を実現し、普遍的な秩序をもたらそうとする運動は必ず「父」を要請する。けれども、私たちはそれを自制しなくてはならない。

たとえ世界の広大な地域において、現に、正義がなされておらず、合理的思考が許されず、慈愛の行動が見られないとしても、私たちはそれを一挙に解決する万能の「父」の出動を要請してはならない。

「ローカルな秩序」を拡大するとき、ひとりひとりが手作りして、固有名の刻まれた「秩序のようなもの」をゆるやかに結びつけ、算術的に加算する以上のことを願ってはならない。「私たちはこうやって局所的秩序の創生に成功した。このサクセス・モデルを全世界に拡げよう」という考え方をしてはならない。「父」はつねに「今すぐ、すべての場所で」という副詞とともに出現するからである。私たちは「父権制イデオロギー」に対する対抗軸として、「ローカルな共生組織」以上のものを望むべきではない。私は別に思弁的にそう言うのではない。経験がそう教えているのである。

村上文学における「父」の話をしているところだった。

文学もまた「父」を（ほとんどそれだけを）ひさしく主題にしてきた。あるときは「父の武勲詩」を、あるときは「父に抗う子どものパセティックな抵抗（と劫罰《ごうばつ》）の物語」を、あるときは「父の不在」を嘆く悲嘆の詩を文学は書き綴ってきた。

その中にあって、現代の何人かの作家たちは「父抜きの世界」を描くという野心を抱いた。その中の一人であるアルベール・カミュは自作について次のように書いている。

私は哲学者ではありません。私は理性もシステムも十分には信じてはいません。私が知りたいのはどうふるまうべきかです。より厳密に言えば、神も理性も信じないでなお、どのようにふるまい得るかを知りたいのです。

(Albert Camus, Interview à 'Servir', *Essais*, Gallimard, 1965, p.1427)

このカミュの言葉にエルサレムの村上春樹は全幅の賛意を示しただろう。

「システム抜き」でも人間は適切にふるまうことができるか。ふるまい方を指示するマニュアルも教典も存在しない世界でも、人は「人として」ふるまうことができるか。

いくたりかの文学者たちは「それは可能だ」と考えた。

もし、可能だとしたら、そのときには何が人の行動の規矩《きく》となるのか。

ほとんどの人はこれからどうするかを決めるとき、あるいはすでに何かをしてしまった後にその理由を説明するために、「父」を呼び出す。上に述べたように、それは必ずしも「父」の指導や保護や弁疏《べんそ》を期待してではない。むしろほとんどの場合、「父」の抑圧的で教化的な「暴力」によって「私は今あるような人間になった」という説明をもたらすものとして「父」は呼び出される。

「父」の教化によって、あるいは教化の放棄によって、私は今あるような人間になった。そういう話型で私たちのほとんどは自分の現状を説明する。

それは弱い人間にとってはある種の「救い」である。

世界は「父」を呼び出すことで一気に合理的になり、さまざまなものが名づけられ、混乱は整序される。けれども、そのようにして繰り返し自己都合で「父」を呼び出すうちに、「父＝システム」はゆっくりと巨大化し、遍在化し、全知全能のものになり、ついには人間たちを細部に至るまで支配し始める。

だから、論理的に考えれば、「父」の増殖を止めるための言葉は次のようなものになる他ない。

私が今あるような人間になったことについて私は誰にもその責任を求めない。

その言葉を発見した人間だけに「父の支配」から逃れるチャンスが訪れる。「父の支配」からの「逃れの街」であるような局所的な「秩序のようなもの」は、そう誓言した人間たちによってはじめて立ち上がる。

少なくともカミュやレヴィナスはそう教えている。私は彼らの考えに同意の一票を投じる。

そして、村上春樹もまた彼らと問題意識を共有しているのだと思う。

『1Q84』にはたくさんの「小さな父たち」が登場する。

青豆の父も、天吾の父も、「ふかえり」の父も、タマルの父も、みな自分たちの子どもをさまざまな仕方で棄てる。それが子どもたちに深い傷を残す。

「リトル・ピープル」という「邪悪なもの」はさしあたりはそれらの「小さな父たち」の「しけた悪意」の集合表象のように機能している。

主人公たちはその「邪悪な父によってつけられた傷」によって久しく自分の現在を説明してきた（あるいは「説明する能力」の欠如を説明してきた）。それが彼らをその場に釘付けにし、どこにも進めなくしてきた。

「トラウマ」とはそういうものだ。

何が起きても、誰に出会っても、「あのできごと」に帰趨《きすう》的に参照されて、その意味が決まる。「トラウマ」とまったくかかわりのない、「新しいこと」はその身には決して起こらない。そのように過去の一点に釘付けにされることが「トラウマ」的経験である。何を経験しても、それを「父」とのかかわりに基づいて説明してしまう（「父が私にそれを命じたから」あるいは「父が私にそれを禁じたから」）。そのような言葉づかいをしている限り、「子ども」たちは「父」から逃れることができない。

『1Q84』は、困難な歴程の果てに、主人公たちが「邪悪で強大な父」という表象そのものを無効化し、「父」を介在させて自分の「不全」を説明するという身になじんだ習慣から抜け出して終わる。

それはもちろんはなやかな勝利ではないし、心温まるハッピーエンドでもない。けれども、私は村上春樹がこの作品で「父の呪縛」から逃れる方途について何かはっきりした手応えを覚えたのではないかと思う。それをこの作品の骨組みのゆるぎない物語構造と、細部の（ほとんど愉悦的なまでの）書き込みから感じ取るのである。

（二〇〇九年　六月六日）

過激派的外傷あるいは義人とその受難
高橋源一郎『ジョン・レノン対火星人』解説

解説を頼まれたときは、「いいですとも！」と二つ返事で引き受けたのだけれど、いざ向き合ってみると、『ジョン・レノン対火星人』は論じにくい小説だった。決して難解な小説ではないし、テーマも方法論的な意識もはっきりしている。そういう外形的な理由で論じにくいのではない。なんだか気鬱なのである。

それは、たぶん高橋さん自身も感じていて、それがこの小説を書いた理由の一つでもあるはずの、いつまでたっても私たちの世代の人間をなんとも座り心地の悪い感じにする「過激派の時代を生き残ってしまったことに対する疚しさ」である。

そのことについて、個人的に思うことを少し書きたい。

一九七〇年、私たちは二〇歳だった（私と高橋さんは同学年である）。そして、当時の仲間たちの多くがそうであったように私たちは二人とも（別々の場所においてではあったけれど）「過激派学生」だった。

私たちが「過激派」と呼ばれたのは、私たちの存在が社会にとって危険な存在だったからではない（現に、「過激派」の運動は、日本の外交政策にも経済戦略にもほとんど何の影響も及ぼさなかった）。私たちが「過激派」と呼ばれたのは、私たちの存在が私たち自身にとって危険だったからである。

考えてみれば分かることだ。

例えば、「職業革命家」は革命的政治行動の「プロ」である。

地下政治運動そのものはたしかにリスキーな仕事ではあるけれど、そのリスクは、鳶《とび》職《しょく》が足場を組んだり、床屋が髪を刈るときに要する職業的な気遣いと本質的にはそれほど違うわけではない。鳶だって足場で滑れば転落死するし、床屋だって気を抜けば客の喉を掻き切ってしまう。どんな仕事にも固有のリスクがある。だから、「メチエを知っている人間」は、その職種に固有のリスクをどうやってマネージするかについての散文的でクールな技術を習得している。

でも「過激派」である私たちは「政治活動のアマチュア」であった。というか、「政治活動のプロ」（既成政党）を全否定することに「過激派」の本義はあったわけだから、「過激派」の若者が「政治活動というメチエ」についてなにごとか有用な経験則を習得していることは原理的にありえないことだったのである。

無党派のラディカリズムというのは「アマチュアリズム」そのものであった。

私たちは「革命」的政治行動を実践するということがどんなリスクを冒すことであり、そのリスクからどうやって身を守ればよいのかについて、ほとんど何も知らなかったし、知ろうともしなかった。そして、いきなり「現場」に踏み込んだのである。

どうして、そんな無謀なことができたのか。今でもうまく説明することができない。たぶん、私たちは「過激に生きるか凡庸に生きるか」の二者択一が自分たちにはつきつけられており、誰もそれを避けることができないと思い込んでいたのだろう。

でも、二〇歳前の若者に向かって「過激か、凡庸か」を選ばせるというのは、フェアなやり方じゃないと思う。そんなきわどい選択肢を前にして、生意気ざかりの少年少女が「私は、凡庸でも安全な生き方の方がいいです」というような回答をなしうるはずがないからだ。その年代の若者は「マリファナ吸う?」とか「セックスしない?」とか「革命やろうぜ」というようなオッファーに対して、「よくわかんないから、少し考えさせてくれませんか」という冷静な応接をすることは許されていないのである。

私たちは即答することを強いられていた。そして、困ったことに、「逡巡せず即答すること」はすでにして「過激派」におけるもっとも評価の高い「徳目」だったのである。「過激派」の諸君の中には多くの魅力的な人々がいたけれども、ものごとを熟慮し、決断をためらう人間だけはいなかった。もっとも冷静な戦略家でさえも、「やるしかねえよ」というようなパセティックな言葉で長い議論にけりをつけることを厭わなかった。私たちは「熟慮しないこと」の危険性をあまりになめてかかっていた。

「過激派」の政治へのコミットメントは、私たちにとって、おのれの正義の感覚や倫理性を検証する「踏み絵」だった。私たちはそれを「君はどちらのボタンを押しますか？『恋と革命』のボタン、それとも、『終わりなき日常』のボタン？」というような定型的な問いかけに、「もちろん、『恋と革命』さ！」と「正解する」ことでクライマックスを迎える「選択のドラマ」にすぎないと思っていた。

まるで間違っていた。

私たちは「恋と革命のボタン」を押したつもりで、自分の処刑執行許可書に署名してしまったのである。

というのは、「過激派」の政治活動とは、ほとんどの場合、見知らぬ人から暴力をふるわれても文句を言えない立場に進んで身を置くことに他ならなかったからである。

私たちは（牧歌的にも）、論理的に整合的であり、倫理的に高潔な人間は、そうでない人間よりも、逮捕されたり負傷したりテロにあったりする確率が低いのではないかと期待していた（それくらいには「歴史の審判力」を信じてもよいのではないか、と）。

まるで間違っていた。

暴力はランダムに、非論理的に、無原則的に、私たちを襲った。勇敢な者も、卑劣漢も、政治意識の高いものも、政治意識のかけらもないものも、そのような個人的属性とは全く無関係に暴力にさらされた。リアルでフィジカルな暴力のほとんど無垢なまでの邪悪さに私たちは驚倒したのである。

「過激派」の出会った暴力（それは同時に「過激派」が行使した暴力でもある）は論理的でも倫理的でも政治的でさえなく、ただ端的に、無垢なまでに「暴力的」だった。うち下ろされるジュラルミンの楯や撃ち込まれる催涙弾や飛び交う火炎瓶や突き刺さる鉄パイプは、私たち一人一人の心情や思想とは無関係に、リアルに人間の骨を砕き、皮膚を焼き、眼球を潰し、頭蓋を割った。

同時代の他の若者たちより少しだけ性急で、少しだけ社会的使命感の強かった若者たちが、その軽率な選択のせいで、何の準備もなく、いきなり「ほとんど無垢なまでに邪悪なもの」と顔を合わせることになったのである。

あるものは「邪悪なもの」に拉致され、あるものは生き延びた。

誰にも説明できない理由で、私たちは傷つけられ、損なわれることがある。まるで冗談のように。

どういう基準でその選択がなされたのか、今でも私には分からない。

「どういう基準でその選択がなされたのか分からない」ということが一九七〇年に「過激派」だったことから私が汲み出したほとんど唯一の知見だった。

個人的な回想を続けさせて頂くと、その時期に私は親しい友人を二人失った。どちらも「過激派」の仲間に殺された。無惨な死に方だった。

私がやりきれないのは、彼らが殺されて、私が生き残ったことにどう考えても「必然性」がないからである。その頃の私は殺された彼らと同じくらいに性急で、無思慮で、警戒心がなかった。彼らが殺され、私が殺されなかったのは、「たまたま」そうなったというにすぎない。

私は一度も逮捕されず、負傷もせず、敵対党派のテロにも遭わなかった。それは私が判断力にすぐれていたからでも、身体能力が高かったからでも、他党派の諸君からの敬意を集めていたからでもない。「たまたま」である。

七〇年の六月に総理官邸の前で座り込みをしていたとき、「総員検挙」の声がかかって機動隊が学生たちの頭上にジュラルミンの楯を振り下ろし始めたことがある。あたりで悲鳴が上がったが、私は座り込んで両腕を両側の学生と組んでいたので、身動きができなかった。私の頭上に楯が振り下ろされようとしたときに、右どなりの学生が身をふりほどいて不意に立ち上がり、私の頭上に来るはずの楯の一撃を後頭部に受けて昏倒した。彼がどうしてそんな行動に出たのか私には分からない。意識を失ったその学生をかついで救急車に乗せてから私は溜池の方に走って逃げた。怪我をしたのが彼で私ではなかったのは「悪意にみちた偶然」にすぎない。けれども、そのときの障害を彼はそのあと一生背負い込んだかもしれないと考えると私は気鬱になるのである。

「ほとんど無垢なまでに邪悪なもの」という言葉で私が言っているのは、機動隊の規制や党派のテロやリンチのことではない。そうではなくて、そのような実体的な暴力がその犠牲者を選ぶとき、そこには「私たちに理解できるような基準が見えない」という事実のことなのである。

暴力そのものより「暴力的」なのは、暴力がどのようにしてその対象を選別しているのか、その基準が当の被害者にはついに知られないという事実の方である。

暴力はたしかに私たちを傷つける。けれども、それはたかだか人間の身体を損傷する以上のことはできない。もし、暴力の行使に合理性があれば、私たちはそれを予防し、回避することができるし、必要とあらばクールに耐えることだってできる。

「暴力的なもの」はそうではない。それは「邪悪なもの」である。そこには何の「合理性」もない。「邪悪なもの」がどんなふうにふるまうのか、私たちには事前に予測することも事後に合理化することも、どちらもできない。その事実が私たちを深く強く混乱させるのである。

身体的な外傷は時間とともに癒えるが、「暴力的なもの＝邪悪なもの」が私たちにつけた傷、「世界には条理があるはずだ」という素朴な信憑を切り裂いたときに開いた傷跡は自然には癒えない。

この外傷を癒すために、生き残った人間は「仕事」をしなければならない。

その「仕事」とは、選別の時点では「死んだ人間」と「生き残った人間」の間に存在しなかった「差異」をそれからあとに長い時間をかけて構築することである。言い換えれば、「私が生き残ったことには、何か意味があるはずだ」という（自分でも信じていない）言葉を長い時間をかけて自分に信じさせることである。

だから、「生き残った人間」たちは「葬礼」を行うことになる。

というのは、「死んだ人間」にはできなくて、「生き残った人間」だけにできる仕事といったら（原理的に言って）「弔うこと」しかないからだ。

「葬礼を行いうるもの」として自己規定の仕切り直しをする以外に、「生き残ったこと」を合理化するどんな説明も成り立たない。「邪悪なもの」が私を拉致しなかったのは、私がその後に「葬礼」の責務を果たすことを宿命づけられていたからであるという説明だけがかろうじて私の「生き残り」の疚しさを緩和してくれる。

たいへんに長い迂回をしてしまったけれど、この迂回で、『ジョン・レノン対火星人』という小説をどうして高橋源一郎が書いたのか（あるいは「書かなければならなかった)のか)、その理由のおぼろげな輪郭は、「過激派の時代」を知らない世代の読者の方にもご理解頂けたのではないかと思う。

この小説には二つの主題がある。

ここで「主題」というのは作家が「それについて書こう」と思った「メッセージ」のことではなく、ちょうど音楽における「主題」がそうであるように、さまざまな変奏を繰り返し呼び寄せ、そこに物語が集中的に堆積することになる「磁場」のようなものだと思ってもらえばよい。

この小説には二つの「主題」がある。

ひとつは「暴力的なもの＝邪悪なもの」であり、ひとつは「エロティックなもの」である。この二つはべつに截然と分離されているわけではない。だから、「暴力的なエロス」や「エロティックな邪悪さ」もその二つの主題のあいだに輻輳《ふくそう》している。けれども、暴力とエロスのどちらとも無縁な言葉はこの小説の中にはほとんど一行として存在しない。

どうして作家がこの二つの主題に惹き付けられるのか、私にはうまく説明できない。経験的に言えることは、「暴力」だけを扱った物語（たとえば「ハードボイルド」）は「エロス」抜きでも成立するし、「エロス」だけを扱った物語（たとえば「ポルノグラフィー」）は「暴力」抜きでも成立するけれど、「暴力的なもの＝邪悪なもの」を扱った物語は「エロティックなもの」をその対旋律のように帯同することなしには存在しえない、ということである。

どうしてそういうことになるのか、私にも分からない。よく分からないけれど、「いかなる根拠もなしに、人を傷つけ損なうもの」の対極には、「いかなる根拠もなしに、人を癒し、慰めるもの」が屹立《きつりつ》しなければ、私たちの世界は均衡を失するだろうということだけは分かる。

「すばらしい日本の戦争」は「暴力的なもの」に深く回復不可能なまでに損なわれた人間である。彼は「死躰《したい》」に取り憑かれ、「死躰」で充満したテクストを「美しく、むだのない、きびきびした文章《センテンス》」を量産し続ける。だから、「すばらしい日本の戦争」が描く死躰たちは物語の語り手である「わたし」が書く「ポルノグラフィー」の登場人物たちよりも「ずっと素敵」である。

ではなぜ、この「暴力的なもの」に根こそぎ損なわれた「すばらしい日本の戦争」が「わたし」のもとにやってきたのか。それは「わたし」が「偉大なポルノグラフィー」を構想する作家、「エロティックなもの」に漸近線的にではあれ接近することを主務とする物語の創造者だったからである。

迷い込んだ哀れな青年をどうするべきか困惑した「わたし」は「魂のヤクルトおばさ

ん」である母に相談する。母は箴言《しんげん》第一一章四節を引いて、息子に指針を示す。

「貴重な品も憤怒の日には益なく、義こそ人を死から救い出す」

これではよく意味が分からない。

私がエマニュエル・レヴィナスから学んだたいせつな教えのひとつは、聖書から聖句が引かれたときは、必ずその前後を読みなさいということであった。教えに従って箴言第一一章の三節と五節を読む。そこにはこう書いてある。

「直ぐな人の誠実は、その人を導き、裏切り者のよこしまは、その人を破滅させる。」

「潔白な人の道は、その正しさによって平らにされ、悪者は、その悪事によって倒される。」

箴言第一一章が告げるのは「正義」によって「邪悪なもの」から人を救え、という教えである。

「わたし」はそのとき「義」といわれているものが精神科医による病症の適切な診断ではなく、無差別的に損なわれたものを無差別的に癒す力能であることに気づく。

何か忘れてやいませんか?　あれがあるでしょ、あれが。

「わたし」は思い出す。「三年間の拘留生活を終えたわたしが欲しかったもの。そして未だ、わたしが『すばらしい日本の戦争』に提供していないもの」を。

この物語で「エロティックなもの」の境位を表現するのは同志「テータム・オニール」とその仲間の「石野真子」ちゃんである。

同志「テータム・オニール」はありとあらゆる拘置所規則に違反してついに「暴力的なもの」に屈服しなかった英雄的な闘士として登場する。彼女の受難の記録は国家権力による拘禁の暴力に、「過激派」の同志によるリンチが書き加えられて完璧なものとなる。いわばマイナスのカードをすべて集めたことによって彼女は特権的な「義人」の地位を獲得したのである。

「わたし」とT・O《テータム・オニール》と「ヘーゲルの大論理学」と「パパゲーノ」と「石野真子」ちゃんによる「愛のレッスン」、つまり「義による救い」の物語が後半を領する。癒しと慰め、「愛《アムール》と集中《コンセントレーション》」のつかのまの成功がそこでは語られる。

もちろん「義人」が最終的に勝利してみんなハッピーになる、というような物語を高橋源一郎は書かない。彼がそのようなものを書くことを「死者たち」が許さないからだ。最終的に「義人の受難」の事実を告げて物語は終わる。

義人とは受難するものの名だからである。受難をみずからの「選び」の徴として引き受ける人間のことを私たちは「義人」と呼ぶ。だから説話的な必然として、「わたし」は物語の最後では、かつて「すばらしい日本の戦争」を苦しめた「死躰」たちにみずからが取り憑かれることになる。それは物語のはじめから、つまり「わたし」が「すばらしい日本の戦争」をその「幕屋」に受け容れたときから、すでに宿命として避け得ないものだったはずである。

「わたし」がその貧しい「幕屋」に「すばらしい日本の戦争」を迎え入れたのは、「記者たち」が問いただすように彼の「関係者」や「友人」だったからではない。そうではなくて、彼がまったき「異邦人」であり、「わたし」の理解も共感も絶した人だからである。それにもかかわらず、「わたし」は彼を慰め癒す仕事を誰によっても代替しえぬおのれの責務としてためらわず引き受けた。そのことによって「わたし」は「義人」になったのである。

なぜ「わたし」がそのような責務を引き受けたのか、小説の中には説明がない。たぶんうまく説明できないからだろう。

というのも、ひとは決意によって「義人」になるのではなく、気がついたらいつのまにか「義人」になっているものだからである。どうしてかは説明できないけれど（この「解説」は「説明できない」ことが多すぎるな）、とにかく、そういうものなのである

（すまない）。

あるいは「わたし」の家に相伝された「家風」のようなものなのかもしれない（「家風」を侮ってはいけない）。

『ジョン・レノン対火星人』はある具体的な歴史的な出来事にかかわりをもつ物語である。けれども、そこに伏流しているのは、「暴力とエロス」と「義人とその受難」についての太古から語り継がれてきた説話原型である。だから、この小説を読みすすむと、私の中では、知らぬ間にうじうじと血がしみ出してくる。それは「過激派」的過去の「外傷」と、その同じ傷跡のさらに奥に開口している人類と同じだけ古い「外傷」からにじみ出す血である。

（高橋源一郎『ジョン・レノン対火星人』講談社文芸文庫　解説）

「子ども」の数が増えすぎた世界

鷲田清一先生とお正月用の対談。

これは「三社連合」（不穏な名称のような気がするのは私たちの世代の人間だけであろうか）の企画。

北海道新聞、中日・東京新聞、西日本新聞三社が記事を共同配信する機構である（そのようなものがあるとは知らなかった）。

合計部数六〇〇万。

お正月用にどさっと三日分配達されるのがありますね。あの中に見開き二頁で鷲田先生と私が「日本の夜明け」について談論風発しようではありませんかというナイスな企画である。お正月紙面にはやはり鷲田先生や私のような「さあ、みなさんどっと陽気に参りましょう」系の面立ちの人間が好まれるのであろう。

私たちだとて、別にいつもにこにこ脳天気というわけではない。私たちは（規模も偉さも違うが）それぞれ大学の管理職として、また「はいはい書きます」空約束の履行を求める債鬼たちの責め苦で日々胃に穴が開くようなストレスのうちで息も絶え絶えに執務しているわけであるが、それでも笑みを絶やさないのである。

　鷲田先生の豊かな笑みの下にどのような反骨の気骨がひそんでいるかは先生のご著書を一読した方はどなたもご存知であろう。「わし、この世にこわいものなんかないけんね」的な不羈《ふき》の血のたぎりを鷲田先生はゆるやかな温顔に包まれている。

　そのような「根はワルモノだが、ふだんは温厚な紳士」であるところの二人による対談は「幼児化する日本人をどうやって成熟に導くのか」という包括的なテーマをめぐるものであった。

「成熟」が主題になるという傾向は私のたいへんよろこぶところである。

「成熟」と「ことの理非」は別の次元に属する。

　どれほど理路整然と「正しいこと」を言い募っても、「子どもの言い分」はなかなか世間に通らない。それは「子ども」が自分たちを包含するところの「システム」に対してその影響をこうむる「被害者・受苦者」という立ち位置を無意識のうちに先取するからである。

　つねづね申し上げているように、年齢や地位にかかわらず、「システム」に対して「被害者・受苦者」のポジションを無意識に先取するものを「子ども」と呼ぶ。「システム」の不都合に際会したときに、とっさに「責任者出てこい！」という言葉が口に出るタイプの人はその年齢にかかわらず「子ども」である。

なぜならどのような「システム」にもその機能の全部をコントロールしている「責任者」などは存在しないからである。「システムを全部コントロールしているもの」というのは、自分が被害者である以上どこかに自分の受苦から受益しているものがいるに違いないという理路から導かれる論理的な「仮象」である。

これを精神分析は「父」と呼ぶ。

「父」がすべてをコントロールしており、「父」がこの世の価値あるもののすべてを独占しており、「子ども」たちの赤貧と無能と無力はことごとく「父」による収奪と抑圧の結果であるというふうに考える心的傾向のことを「父権制イデオロギー」と呼ぶ。

その点ではマルクス主義もフェミニズムも左翼的な「奪還論」はすべて「父権制イデオロギー」である。

「父権制イデオロギー」では父権制を批判することも解体することもできない。

というのは、「父」を殺して、ヒエラルヒーの頂点に立った「子ども」はそのとき世界のどこにも「この世の価値あるもののすべてを独占し、子どもたちを赤貧と無能と無力のうちにとどめおくような全能者」が存在しなかったことを知るからである。

さて、どうするか。

もちろん「子ども」たちは自ら「父」を名乗るのである。そして、思いつく限りの抑圧と無慈悲な暴力を人々に加えることによって、次に自分を殺しに来るものの到来を準備するのである。

というのは、彼または彼女が収奪者・抑圧者たる「父」として、次にやってくる「子ども」の手にかかって殺されたときにはじめて、彼または彼女は「父」が彼らの不幸のすべての原因であったという「物語」が真実であったことを身を以て証することができるからである。

「父」を斃《たお》すために立ち上がったすべての革命家たちが権力を奪取したあとに、「父」を名乗って（国葬されるか、死刑になるか、暗殺されるかして）終わるのは、「父の不在」という、彼ら自身が暴露してしまった真実に「子ども」である彼ら自身が耐えることができなかったからである。

「父権制社会」を創り出すのは父権制イデオローグであり、彼らはみな「子ども」であり続けようとしたせいで不可避的に擬似的な「父」を演じることになったのである。

気の毒だが、そういうものである。

「子ども」でも破壊することはできる。

でも、彼らが破壊したあとに建設するものは、彼らが破壊したものと構造的には同一で、しばしばもっと不細工なものである。

もちろん「子ども」には「子どもの仕事」がある。

それは「システム」の不具合を早い段階でチェックして、「ここ、変だよ!」とアラームの声を上げる仕事である。そういう仕事には「子ども」はとても有用である。

でも、「システム」の補修や再構築や管理運営は「子ども」には任せることはできない。「ここ変だよ」といくら叫び立てても、機械の故障は直らないからである。故障は「はいはい、ここですね。ではオジサンが……」と言って実際に身体を動かしてそのシステムを補修することが自分の仕事だと思っている人によってしか直せない。

現代日本は「子ども」の数が増えすぎた社会である。もう少し「大人」のパーセンテージを増やさないと「システム」が保たない。

別に日本人全員に向かって「大人になれ」というような無体なことを私は申し上げない(そういう非常識なことを言うのは「子ども」だけである)。

五人に一人、せめて七人に一人くらいの割合で「大人」になっていただければ「システム」の管理運営には十分であろうと私は試算している。

今は「大人比率」が二〇人に一人くらいまで目減りしてしまったので、この比率をもう少しいい数字まで戻したいだけである。

「そういうのだったら、私、やってもいいです」という奇特な方が若い人の中から少しばかり出て来ていただければ、それで頭数としては十分である。残りの諸君は引き続き愉快に「子ども」をやっていてくださって結構である。

というような話で盛り上がるが、もちろんこんな話は掲載されぬであろう。

（二〇〇七年　一二月二日）

ゾンビの教訓

新型インフルエンザについて三紙からコメントを求められる。

私なんかにインフルエンザについて訊いてどうするのかと思うのだが、感染地域の真ん中に住んでいる人間の「市民目線」の感想を聞きたいと思ったのかもしれない（木に縁《よ》りて魚を求むるの類だが）。

疫学についても医学についても何も知らない人間に訊く以上、それはインフルエンザそのものについてではなく、インフルエンザ禍の「人間的意味」についてのコメントなのであろうと判断して、それについて述べる。

メディアの一昨日あたりからの論調は「それほど毒性の強いインフルエンザでもないらしいのだから、あまり騒ぎ立てずに、柔軟に対応するほうがいい」というものである。休校やイベントの中止が続くと市民生活に影響が出るから、「自粛するのを自粛せよ」というものである。

大阪府知事は「都市機能に影響が出る」と言った。

だが、感染地区がパニックに陥っているとか、都市機能が麻痺しているとかいうことが起こっているようには思えない。

たしかに街の人出は少ないし、歩いている人も大半がマスクを着用している。学校が休校なので、電車もがらがらである。しかし、こういう事態を指すときに「パニック」とか「都市機能の麻痺」という言い方は不適切であろう。現に、感染力の高いインフルエンザが蔓延して全国に拡がりつつあり、行政当局が「外出を自粛し、手洗いうがいを励行せよ」とアナウンスしているのを「そのまま」遵守《じゅんしゅ》している市民をつかまえて「騒ぎすぎだ」と言うことは論理的ではない。

仮に市民たちが「マスクを無料配布しろ」とか「医療費をすべて無料にしろ」とか「休業補償をしろ」とか言い出したというのなら、たしかにこれは「パニック」である。でも、街の人々は自前でマスクを買って着用されており、自己負担で感染を予防されているのである。

これを「模範的市民」と呼ばずに何と呼ぶべきか。

インフルエンザが流行っているのに、「弱毒性だからカンケーねえよ」と誰も感染予防に配慮せず、行政が「自粛を」と呼号しても、気にせずふだん通りの社会活動を行い続け、その結果感染者が急増したというような事態の場合のために「都市機能の麻痺」とか「システム不調」という言葉はとっておくべきだろう。

現在の感染地区の市民たちほど「公共の福利」に配慮する市民を他国に見いだすこと

はむずかしい。

このような模範的市民に「過剰反応だから、社会活動を再開せよ」と政治家やメディアが言い出した最大の理由は「市民が外出しないので、消費活動が低迷している」からである。

要は「金の話」である。

だが、「感染のリスクが高いから外出を自粛してください」という公的アナウンスを解除するときに可能なロジックは「感染のリスクが低下しましたので、外出してもいいです」以外にはない。「感染のリスクは引き続きありますが、みなさんがじっと家にこもっていると、モノが売れないので、外に出て、消費活動を始めてください」という言い分は、疫学的には逆立ちしても導出することのできない言葉である。

「論理的には成り立たない」が実践的にはつじつまを合わせないといけない、ということは人生には多々ある。私も青二才ではないから、目を三角にして「けしからん」とは言わない。「公衆衛生」か「経済活動」という比較考量しがたい二者択一を迫られるような機会がときには訪れる。「インフルエンザの蔓延も困るが、経済活動の停滞も困る。さて、どちらがより困った事態か」という類の「究極の問い」に当惑するというのはこの世界で暮らしていればありがちな事態である。

このような問いにどう対処するかについて「マニュアル」は存在しない。

「マニュアル」は存在しないが、その代わりに「物語」がある。

ハリウッドのC級映画では「ゾンビも怖いが、死なない兵士も捨てがたい、さて、どちらを取るか」とか「アナコンダも怖いが、不死の蘭エキスはぜひ手に入れたい、さてどちらを取るか」といった「究極の問い」をめぐってしばしばドラマが展開する。

これらの映画にだいたい共通する教訓は、「我が身の安全よりも、利益を選んだ人間はたいへん不幸な目に遭う」ということである。

私はこういう種類の説話原型を含む人類学的知見に対してはつねに敬意を以て臨むことにしている。

（二〇〇九年　五月二一日）

X氏の生活と意見

クリエイティヴ・ライティングの授業で先々週の宿題に学生たちに「……さんの生活と意見」というタイトルを課した。

さきに高橋源一郎さんの『タカハシさんの生活と意見』の一部を読み聞かせ、これが『伊藤整氏の生活と意見』、『江分利満氏の優雅な生活』といった先行作品を踏まえたもので、さらには遠くロレンス・スターンの『トリストラム・シャンディの生活と意見』にまで遡る伝統的なタイトリングである、という話をしたのである。

『トリストラム・シャンディ』について日本で最初に言及したのはおそらく夏目漱石である。

漱石はこの奇書についてこう書いている。

今はむかし、十八世紀の中頃、英国に「ローレンス、スターン」という坊主住めり。最も坊主らしからざる人物にて、最も坊主らしからぬ小説を著し、その小説の御蔭にて、百五十年後の今日に至るまで、文壇の一隅に余命を保ち、文学史の出るごとに一頁または半頁の労力を著者に与えたるは、作家「スターン」のために祝すべく、僧「スターン」のために悲しむべきの運命なり。（『トリストラム・シャンデー』）

『猫』にも「トリストラム・シャンデーの鼻論」という蘊蓄《うんちく》が出てくることから推して、漱石がこの枕頭《ちんとう》の愛読書を踏まえて、おそらくは『苦沙弥先生の生活と意見』という隠された副題をでもつける心積もりで『猫』を書いたというのは大いにありそうなことである。

高橋さんの『タカハシさんの生活と意見』は「タカハシさん」と「吾輩」と命名された猫の対話を軸に展開する。

これは高橋さんが『トリストラム』と『吾輩は猫である』を先行作品としてはっきり意識しつつこのエッセイを書いているということを意味している。

「だからどうなんだよ」と凄まれても困る。

だから、「そういうこと」なのである。

先行作品として踏まえているものが多ければ多いほど、先行作品の質が高ければ高いほど、「それを踏まえて書かれたもの」は「親の七光り」の恩沢に浴すことができるということである。

「親の七光り」とは言い条、別に直接的な利益があるわけではない。そうではなくて、

「先行作品を踏まえている」という事実それ自体が読者に対する「コールサイン」として機能するということである。

「仲間内の符丁」は「符丁である」ということが誰にでもわかるようでは暗号としては機能しない。「これから暗号を発信しますよ」とアナウンスしてから暗号を発信するスパイはいない。

暗号はそれがあたかも暗号ではないかのように書かれなければ意味がない。だから、書き手から読者への「コールサイン」はつねに「ダブル・ミーニング」として発信される。

表層的に読んでもリーダブルである。でも、別の層をたどると「表層とは別の意味」が仕込んである。その層をみつけた読者は「書き手は私だけにひそかに目くばせをしている」という「幸福な錯覚」を感知することができる。

To the happy few.

自分こそその「幸福な少数」であるという自覚ほど読者を高揚させるものはない。すぐれた作家はだから必ず全編にわたって「コールサイン」を仕掛けている。「わかりやすいコールサイン」から「わかりにくいコールサイン」まで、さまざまなレベルで読者に「めくばせ」を送る。そして、どのレベルのコールサインであっても、受信した読者は、自分は凡庸な読者たちの中から例外的に選び出された「幸福な少数」だと信じることができる。

それでよいのである。

真にすぐれた作家はすべての読者に「この本の真の意味がわかっているのは世界で私だけだ」という幸福な全能感を贈ってくれる。

そのような作家だけが世界性を獲得することができる。

「コールサイン」のもっとも初歩的な形態が「本歌取り」である。これは「本歌を知っている読者」と「知らない読者」をスクリーニングする。

音楽の世界では大瀧詠一師匠がこの「本歌取り」の大家であることはご案内の通り。なぜ「ナイアガラー」という熱狂的で忠実なオーディエンスが大瀧師匠の場合に発生するかというと、この「本歌」のヒントを師匠は実にさりげなく楽節の隙間にさしはさむからである。

あ、このフレーズは「あの曲の、あそこ！」ということに気づいたナイアガラーは、これを発見したのは世界でオレ一人だ。このコールサインは師匠と私の間だけに結ばれた、余人の入り込むことのできない「ホットライン」なんだ……という陶酔感に深く久しく酔い痴れることが許される。

このような快感を組織的に提供してくれるミュージシャンは師匠の他にはいない。

師匠の「日本ポップス伝」は言い換えれば「本歌取りの歴史」である。

あらゆる作品は（音楽であれ文学であれ）、その「先行項」を有している。その先行項をどこまで遡及し、どこまで「祖先」のリストを長いものにすることができるか。受信者が作品を享受することで得られる快楽は、ひとえにそこにかかっている。「祖先」のリストが長いものになればなるほど、その作品と受信者とのあいだの親しみは深まる。

たしかに作品はすべての読者に開かれている。けれども、それを「コールサイン」として読み取るための「暗号解読表」は読者ひとりひとり、「世界にオンリーワン」のオリジナルなものしかない。ある作品について、私と同じ仕方で「私宛のメッセージ」を読み出している受信者は世界に一人もいないからである。

村上春樹の『羊をめぐる冒険』はレイモンド・チャンドラーの『ザ・ロング・グッドバイ』の本歌取りである。その『ザ・ロング・グッドバイ』はスコット・フィッツジェラルドの『ザ・グレート・ギャツビー』の本歌取りである。その『ギャツビー』はアラン・フルニエの『ル・グラン・モーヌ』の本歌取りである。おそらくその『ル・グラン・モーヌ』にも「本歌」がどこかにあるのであろう。

というふうに、読書における「日本ポップス伝」的アプローチは読書の快楽を増すためにきわめて有効なのである。

という前説のあとに、学生諸君に「……さんの生活と意見」（……には自分の名前を入れる）というタイトルのエッセイを課す。

少なくともタカハシさんのエッセイだけは「本歌取り」してね、ということでコピーを配布しておく（山口瞳やロレンス・スターンまで読めとは言いません）。

その宿題をさきほど読み終えた。

意図を理解して、なかなか面白いエッセイを仕上げてきてくれた学生が何人かいる。

どうして自分の名前を三人称に置き換えて文章を書くことがたいせつなのか。

これについてはモーリス・ブランショが間然するところのない言葉を書き記している。

「どうしてただ一人の語り手では、ただ一つのことばでは、決して中間的なものを名指すことができないのだろう？　それを名指すには二人が必要なのだろうか？」

「そう。私たちは二人いなければならない。」

「なぜ二人なのだろう？　どうして同じ一つのことを言うためには二人の人間が必要なのだろう？」

「それは同じ一つのことを言うのがつねに他者だからだ。」

(Pourquoi deux paroles pour dire une même chose? -C'est que celui qui la dit, c'est toujours l'autre.
Maurice Blanchot, *Entretien infini*, Gallimard, 1968, pp.581-2)

ブランショの最高傑作である『終わりなき対話』はついに翻訳されぬままに終わった(翻訳権をとっていながら、翻訳を出さなかったのである)。これが一九七〇年代に(せめて八〇年代に)出版されていれば、日本の文芸批評のレベルは今より三段階くらい上がっていただろう。もう取り返しがつかないが。

しかし、ほんとうにたいせつなことは時代にかかわりなくアナウンスされるべきであるので、ここに繰り返すのである。

言葉が人に届くためにはそれが二人の人間によって語られていることが必要である。私と「私」と名乗る他者によって、同じ一つの言葉は二度語られなければならない。どうしてそれが必要なのか。

書くとはどういう営みであるかについて長い時間考究したことのある人なら、理屈はわからなくても、ブランショの言葉は実感として深く身にしみるはずである。

私が文を書く場合、ひとまとまりのセンテンスを書いたあと、もう一度始めから読み直す。そして、推敲《すいこう》ということを行う。よけいな言葉を刈り込み、足りない言葉を補い、ねじくれた推論の筋目を通し、わかりにくい理屈には「たとえ話」を書き加える。このとき、最初に書いた「私」と、推敲をしている「私」は同一人物と言えるであろうか。後から偉そうに赤ペン片手に直している「私」にはどうしてそんなことをする権利があるのか。最初にゼロから文章を作り出した「私」よりも、推敲する「私」の方がテクストに対してより多くの権利を持っているということはどうして言えるのか。それどころか、この書きものが印刷出版されて印税が振り込まれた頃には、その受け取り手である「私」はもう自分が何を書いたのかさえ覚えちゃいないのである。

これら無数の「私」のうち、誰がこのテクストの「著作権者」であると言えるのか。

私には名指すことができない。

でも、それでよいのだと思う。というのは、私はいまわざと継起的に書いたけれど、実は最初に白紙に文章を書いている「私」は、時間を置いてそれをもう一度読み直し、文字の間違いを正し、事実誤認を訂正し、必要な情報の追加を必ずしてくれるであろう「未来の私」の協力をはじめから勘定に入れて書いているからである。

これはセンターリングを上げさえすれば、フォワードがシュートまで持ち込んでくれると信じて、振り向きざまにゴール前にクロスを送るミッドフィルダーの気分に近いのではないかと思う。「未来の私」がきっとそこに駆け込んでくると信じて、「現在の私」は今はまだ無人のそのスペースに狙い澄ましたパスを送るのである。

このあと話がどう転がるかよくわからないが、後は何とかしてくれるだろうという「未来の私」に対する信頼がなければ、いきなり湧き出てきたアイディアや暴走気味の思弁を扱うことはできない。

そんなふうにさまざまな時間帯に棲みついている複数の「私」たちとのコラボレーションを通じて、はじめてテクストは書き上げられる。一篇のテクストの完成までに動員できる「私」の頭数が多く、種別が多様で、専門分野も思想信条もばらけているほど、書き上がったテクストは開放性が高い。「多孔的」というふうに言ってもいい。いろいろなところにいろいろな形状の「穴」が空いていて、読者たちはそれぞれ好きな「穴」からテクストの中に入り込むことが許される。

私はそういうふうに読者に対してさまざまな「とりつく島」が用意されているのが「よいテクスト」だと思っている。少なくとも私自身が読者として書物に接するときには、それを基準にして良否を決定している。

「同じ一つのこと」を言うためには、どうしたって最低でも二人の人間が必要なのだ。ブランショは「二人の人間が必要だ」と言っている。「二人いれば十分だ」と言っているわけではない。そのテクストの生成に関与している「私」がどれだけ多いかがとりあえずはテクストの厚みと奥行きと滋味と相関している。

学生たちに自分自身を三人称にした「身辺雑記」エッセイを課したのは、彼女たちに、「私と名乗る他者」に言葉を託すという経験をして欲しかったからである。

そのとき、彼女たちのテクストの中で三人称で語っているこの「語り手」は、因習的な意味での「私」ではない。けれども、この誰とも知れぬ「語り手」の口からは「私」がこれまで一度も口にしたことのない種類の言葉が、自分自身について一度も使ったことのない形容詞や名詞がいくらでも湧き出てくるという事実を経験して欲しかったのである。

それが「書く」という行為の本質的経験である。そして、そこに「書く」ことの魔境も存在する。

「私」の筆先から溢れるようにほとばしる言葉が、よくよく見たらすべてレディ・メイドの「ストックフレーズ」であった……という身も凍る経験（スティーヴン・キングに敬意を表して、私はこれを「シャイニング・シンドローム」と呼んでいる）もまた学生たちには（ほんの少しだけ）味わって欲しいと思っている。

（二〇〇八年　五月一九日）

「読字」の時間の必要

卒論中間発表。今回は二人欠席で一三名が二〇分間ずつ発表。

正午に開始して、終了したのが六時。

うう、疲れた。

でも、どれもたいへん面白い発表だった。「裁判員制度」や「女子大の存在意義」や「おひとりさま」や「消費者参加型マーケティング」については、そのつどこのブログで自説を述べたので、今回はまだ一度も言及していないトピックについて。

それは「朝の読書」である。

「朝の読書」をご存じない方のために、ウィキペディアの説明をここに貼り付けておく。

「朝の読書運動は小・中・高等学校において、読書を習慣づける目的で始業時間前に読書の時間を設ける運動。個々の学校や担任単位で一九七〇年代から各地で行われてきたものであるが、一九八八年の東葉高等学校の運動をきっかけに全国に広まった。とくに小学校で盛んである。

読書時間は一〇分から一五分程度である。生徒が持参した、あるいは学級文庫の中から選んだ本を読む。とくに小学生を対象として、読書教材を少ないページ数でまとめて短時間で読めるように編集された読み物シリーズなどを刊行する出版社がある。(中略)

文部科学省が、二〇〇一年を『教育新生元年』と位置づけ、『21世紀教育新生プラン』と銘打って、あいさつのできる子、正しい姿勢と合わせて、朝の読書運動を三つの柱のひとつとして取り上げてから盛んになった。文部科学省は五年計画で一〇〇〇億円を図書購入の費用として支援する。

ゲーム依存の強い子どもたちに、読書する楽しみや喜びを体験させることは、一斉に読書というかたちであれ、益するところがあるのではないかと考えられている。」

「それがどうした」というような話である。かくいう私もずっと「それがどうした」と思っていた。そんな運動があることを新聞で読んではいたが、まったく無関心であった。

朝の一〇分やそこら、学級文庫にあるような本をぱらぱらめくったくらいで「読書」になるものか、と思っていたからである。

ところが、卒論の発表の中で「朝の読書は国語の勉強ではありません」という話と、「朝の読書をすると記憶力が向上することが知られている」という指摘に「びびび」と来たのである。

そ、そうだったのか。

私が「朝の読書」ということの有効性をうまく理解できなかったのは、「読書」という語に惑わされていたからである。

あれは「読書」ではなく、「読字」だったのである。

自分自身が重度の「活字中毒」であるくせに、そのことに気づかなかったのはうかつであった。

活字中毒というのは「面白い本」に中毒しているわけではない。「ためになる本」が読みたいわけではさらにない。

字が書いてあれば何でもいいのである。

現に、電車の中で本を読み終えてしまうと、私は巻末のカタログを熟読し、奥付を読み、中吊り広告を読み、窓に貼ってある広告（「わきがのことはオレにまかせろ！」などというの）を熱いまなざしで熟視する。

これは誰が見ても「読書」ではない。私はおそらく「字を読む」ことそれ自体をはげしく欲望しているのである。

橋本麻里さんも子ども時代から強度の活字中毒で、家中の本を読みあさり、ベッドの中でも読み続けたせいでたちまち近視になったそうである。

慌てた親は読書禁止令を出したが、海苔の佃煮の瓶に貼られたラベルを、何度も舐めるように読み返している娘の姿に哀れを催したのか、禁止令はいつの間にかうやむやになってしまった。佃煮のラベルも、読み込めばそれはそれで結構面白い。

（文春文庫『街場の現代思想』の解説から）

そう、これである。

読む本がなくなると、海苔の佃煮の瓶のラベルでも、風邪薬の効能書きでもなんでも「舐めるように読み返す」のが活字中毒者なのである。

活字中毒者にとって、コンテンツには副次的な重要性しかない（というか、副次的な重要性さえない）。重要なのは「文字を読むこと、それ自体」なのである。

脳の一部が「読む」という行為が随伴するある種の生化学的な反応を求めているのである。

どういう生化学的な反応か知らないけれど、網膜に活字が投射されることで脳内に何かが起きる。その何かを脳がほとんど生理的に要求してくるのである。この要求に屈服して、継続的に活字を脳に供与しているうちに私たちは晴れて「活字依存症」というものになる。

おそらく「文字を読む」という動作には二つの層が存在するのである。

第一の層では「図像」情報としての活字が絶えず入力されている。図像であるから、意味なんかどうだっていいのである。そもそもシーケンシャルに読む必要さえない

（「読む」というより「見てる」んだから）。

おそらく、この第一の層において文字情報は図像として、、、、一挙に与えられる。絵を見ているときに、まず全体を一望して、興味のある細部にそのあと個別的に注視するのと一緒で、まず文字情報は一望俯瞰《ふかん》的に与えられる。

そして、その後になってはじめて脳内に入力されたこの図像としての文字情報を私たちは意味レベルで（つまりシーケンシャルに）処理するのである。

何度も引いている話だが、『どくとるマンボウ青春記』の中に、北杜夫がトーマス・マンに心酔していたころに、仙台の街を歩いていて「ぎくり」として立ち止まるという話がある。どうして「ぎくり」としたのか知ろうとしてあたりを見回すと、前の店に「トマトソース」という看板がかかっていた、という話である。

「トマトソース」から「トーマス・マン」を読み出すためには、文字順を入れ替えるだけではなく、二つある「ト」を一つ読み落とし、一つしかない「マ」を二度読み、「ソ」を「ン」と読み違え、最後に「・」を付け加えるという作業をせねばならない。私たちの脳はこれほど手間のかかることを一瞬のうちにやっているのである。一瞬のうちどころか、自分が何かを見たのかどうかさえ気づかぬうちに終えているのである。そこまで「下ごしらえ」を済ませておいてから、私たちはようやくそれを「読む」段階に達する。

「読字」というのは、おそらくはこの「第一の層」の機能なのだと思う。

『マンボウ青春記』によれば、北杜夫もまたこの時期重度の活字中毒であり、朝から晩まで、文字入力作業をひたすら続けていた。そして、ある日、文字入力能力が限界を超えた。

この限界を超えると、頁を開いただけで「見開き二頁分のすべての文字が瞬間的に入力される」ということが可能になる。ぱらりと開いた瞬間に、すでに二頁を一望的には読み終えている。このあとに、文字列をシーケンシャルに再読するというかたちでいわゆる「読書」が始まる。

それは私が例えば小津安二郎の『秋刀魚の味』を見るときの感覚に近いといえば近いであろう。

私はその映画の中のほとんどすべてのシーンを記憶しており、ほとんどすべての台詞を諳んじている。にもかかわらず、その「もう見た映画」の上に、シーケンシャルに映画が展開してゆくときに、私は繰り返し深い愉悦を覚えるのである。記憶と現実の微細な差異（場面の一部についての入力漏れや、台詞についてのわずかな記憶違いなど）が「和音」のようなものを奏でるからである。

それは『スクリーム』でホラー映画の古典をビデオで見ながら、映画の台詞を全員で唱和して馬鹿笑いする高校生たちの幸福感と同じものである。もう映画は全部見ているのである。でも、全部見て、台詞を暗記するほど記憶したからこそ、繰り返し見るごとに、記憶と現実の画面との微妙な差異を楽しむことができるのである。

読書の場合もそれとたぶん構造的には同じことが起きている。

私たちは頁を開いた瞬間に二頁分の文字情報の入力をもう終えている。終えているけれど、まだ読んでいないふりをして、それを再読するのである。

それはタイムマシンで五分前の世界に逆戻りした人間のありように似ている。彼にとって、自分のまわりで起きていること、会う人、その人が言う言葉、その人の表情、それはすべて「もう知っていること」なのである。けれども、ものには手順があり、世界には秩序があるから、「もう知っていること」だからやらずに済ますというわけにはゆかない。

同僚から「おはよう」と言われたら、オレは五分前にもう「おはよう」と返事したんだから、今回はパスねというわけにはゆかない。五分前に自分がやった通りのこと、言った通りのことをもう一度繰り返さないといけない。

すでに知っていることを、もう一度「知らないふりをして」繰り返す。そこには当然ながら「既視感」と、「私はこれから起こることも全部知っているのだ（みんなは知らないけどさ）」という「全能感」が発生する。

この何とも言えない「既視感」と「全能感」こそ、読書が私たちに与える愉悦の本質ではないのであろうか。

というのも、「既視感」というのは、つねづね申し上げているとおり「宿命性」の印だからである。

私たちが宿命的な恋に落ちるのは、「私はかつてこの人のかたわらで長く親密な時間を過ごしたことがある」という「既視感」にとらえられたからである。その消息は村上春樹の『4月のある晴れた朝に100パーセントの女の子に出会うことについて』に詳しいから、興味がある方はそちらを徴されよ。

恋と同じように、既視感をもって本を読むとき、私たちは「私はまさにいまこのときに、この本を読むことを遠い昔から宿命づけられていた」という感覚にとらえられる。

それこそは至福の読書体験である。

おそらく「文字を読む」というのは「そういうこと」なのである。

だから、いつか幸福な読書を経験するためには、どうしたって「海苔の佃煮の瓶のラベル」を舐めるように読むような「読字」の時間が必要なのである。読字を積み重ねることによって、まず文字を図像として脳に入力する訓練が必要なのである。

だから、「朝の読書」運動の成功がもたらしたもっとも重要な知見は、「佃煮のラベル」でも「風邪薬の効能書き」でも、何でもいいから、とにかく子どもには文字を毎日一定時間見せておけばいいということなのである。

（二〇〇八年　一〇月八日）

『1Q84』読書中

『1Q84』読書中。

もったいないのでちびちび読んでいる。

何誌からか書評を頼まれたが、最初に『週刊文春』の山ちゃんから本を送ってもらってしまったので、渡世の仁義上、あとはお断りする。ぜんぶのメディアにそれぞれ違う内容の書評を書くというのも考えてみると楽しそうであるが、遊んでいる暇がない。

まだ書評が出ていないが、みんなどうしているのだろう。私はひたすら「ゆっくり」読んでいるので、今BOOK2の中程である。あと四分の一しか残っていない。

子供の頃には、面白い本を読んでいて、残り頁がだんだん減ってくると「ああ、楽しい時間もあとわずかだなあ」と悲しくなった。どこかで「ダレ場」が来たら、そこで読むスピードを落とそうとするのだが、それがないのが「面白い本」の面白い所以であって、結局、「ああああ」と言っているうちに最後まで一気に読んでしまうのである。そういう残り頁数が減ってくると切なくなってくるという書物には思春期からあとなかなか出会うことがなかった。

教養主義的読書というのは、とにかく「冊数をこなす」ということが主要な目的であるので、「ちびちびと舐《な》めるように読む」というようなことは起こらない。だいいち、『戦争と平和』や『ジャン・クリストフ』や『静かなドン』を「ちびちびと舐めるように」読んでいたら、それだけで一夏が終わってしまう。

そういう読み方をしているうちに、「とにかく一刻も早く読み終える」べき本と、「できるだけ読み終わらずずるずるその世界にとどまっていたい」本に私にとっての書物が二分されるようになった。そして、どういうわけか、若かった私は前者を「仕事」本、後者を「娯楽」本というふうに見なし、「できるだけ仕事をして、娯楽は控えめに」という禁欲的な読書態度を維持したのである。

というのは、「仕事本」は「誰もが読まねばならぬ本、私以外のほとんどの人がすでに読んでいる本、それゆえ、しばしばその本についての言及がなされるのだが、そのとき『あ、それオレ読んでないんだわ……』とカムアウトすると、白々とした沈黙で応じられる本」だと思っていたからである（長じて気づいたことだが、実はみんなあんまり読んでいなかったのである。読んでいるような顔をしていただけで）。

ともかく、そっちの方の「仕事」本読書に忙しく、「娯楽」本は隅においやられた。

それでも、ときどき今日の「仕事」はもう十分にしたな、という手応えのあったときは、「娯楽」本をいそいそと取り出して、ワイン片手に夕暮れのベランダで、パスタを茹でているあいまに読んだ（村上春樹がこのような本を「パスタ本」と呼んでいることを後年知った）。

でも、そういう「パスタ本」について誰かと話し合うということはほとんどなかった。何しろそれはたいていの場合、私のまわりの知識人（およびウッドビー知識人）諸君は読んでいない本（読んでいても、読んでいないふりをしている本）だったからである。『長いお別れ』や『若草物語』や『あしながおじさん』や『竜馬がゆく』や『宮本武蔵』や『桃尻娘』や『マイク・ハマーへ伝言』について、院生や助手だった時代に私は誰とも話した記憶がない。

村上春樹の小説は最初「仕事本」として私の書架に加わった。

「こういうものが最近は読まれているらしく、このような文学的傾向について一家言ないとまずいわな」というような態度で私は『風の歌を聴け』に臨んだ。

その小説は芦屋の街が舞台で、「阪神間」という落ち着きと活気が独特の比率でブレンドされたエリアの空気が行間から漂い出ていた。私はそのころまだ東京に住んでいたので、阪神間のことは想像的にしか知らなかった。

「芦屋」についての私の先入観を形成したのは谷崎潤一郎の『細雪《ささめゆき》』である。私の母は灘のブルジョワ家庭で育った三人姉妹の人なので、『細雪』を読むと少女時代の阪神間の風情をありありと思い出すとよく言っていた。そのせいで、私は芦屋という街に自分が何かの絆で宿命的に結びつけられているような気がしていた。そして、勝手に頭の中で空想上の「芦屋」の街を描いていた。

そして、『風の歌を聴け』を読んだときに、「あ、これ芦屋じゃん。オレ、この街知っている」と思ったのである。

私が知っている街について著者も知っているということではなく、「私しか知らない街」(だって空想上の「芦屋」なんだから)について著者が知っていたということが重要なのだ(そして、ご存じのように、この作品中ではこの街が「芦屋」であるということについての言及はないのである)。

どうもこの人の書く物は私に特別な関係があるのではないかという疑念はその次の『1973年のピンボール』でさらに強化された。

この物語は「僕」とその友人が渋谷で起業した翻訳会社が舞台の一つになっている。そして、ご存じのように、私はこの小説の舞台となった同じ時代に、同じ渋谷で平川克美くんと翻訳会社を始めていたのである。

その当時、学生時代の友だち同士で始めた翻訳会社なんて渋谷にはうちしかなかった。だから、平川くんはその後あちこちで「あれは平川さんの会社がモデルなんでしょう?」と訊かれたそうである。

すぐれた作家というのは無数の読者から「どうして私のことを書くんですか?」とい

う訝しげな問い（場合によっては「モデル疑惑」による告発）を向けられることがある。

どうして私だけしか知らない私のことを他人のあなたが知っているんですか？

というふうに世界各国の読者たちから言われるようになったら、作家も「世界レベル」である。

どうしてそういうことになるのか。

村上春樹は世界中の人々に共通する原型的な経験を描いているからだろうか？

そうかもしれない。でも、それだけではない。

おそらく読者は物語を読んだあとに、物語のフィルターを通して個人的記憶を再構築して、「既視感」を自前で作り上げているのである。

私は上に「私の頭の中の芦屋のことをどうして知っているのか？」と書いたけれど、もちろんこの「私の頭の中の芦屋」の造形には『風の歌を聴け』を読んだことがすでに関与している。

この物語を読みながら、私の中の「空想上の芦屋」のイメージは精密に彫琢され、そして、読み終えたときに完成した。そして、「あれ、この本に書いてあることって、オレの頭の中のイメージと同じじゃん」と思ったのである。

自分で脳内に置いたものを自分で発見して、びっくりしているのである。

マッチポンプである。

でも、これは凡庸な物語作家にできることではない。

現代中国で村上春樹は圧倒的な人気を誇っているが、それを「現代中国の若者の孤独感や喪失感と共鳴するから」というふうに説明するのは、ほんとうは本末転倒なのである。そうではなくて、現代中国の読者たちは、村上春樹を読むことで、彼らの固有の「孤独感や喪失感」を作り出したのである。

「それまで名前がなかった経験」が物語を読んだことを通じて名前を獲得したのではない。物語を読んだことを通じて、「『それまで名前がなかった経験』が私にはあった」という記憶そのものが作り上げられたのである。

もし、村上春樹ではない、別の作家の別の物語が強い指南力を持った場合には、現代中国の若者たちは「それまで名前がなかった経験」に「孤独感や喪失感」とは違う名前をつけたはずである。

私たちは記憶を書き換えることができる。そして、自分で書き換えた記憶を思い出して、「ああ、私のこのような経験が私を今あるような人間にしたのだ」と納得する。

勘違いしている人が多いが、人間の精神の健康は「過去の出来事をはっきり記憶している」能力によってではなく、「そのつどの都合で絶えず過去を書き換えることができる」能力によって担保されている。

トラウマというのは記憶が「書き換えを拒否する」病態のことである。ある記憶の断片が、何らかの理由で、同一的なかたちと意味（というよりは無意味）を維持し続け、いかなる改変をも拒否するとき、私たちの精神は機能不全に陥る。

トラウマを解除するためには「強い物語の力」が必要である。「同一的なかたちと（無）意味」を死守しようとする記憶の断片を、別のかたち、別の意味のものに「読み替える」力を私たちに備給するのは「強い物語」である。

私はもちろん『風の歌を聴け』を読む前に、現代の芦屋の風景について何も想像したことがなかった（はずである）。けれど、読み終えた後、私は「これは私がずっと想像してきた芦屋の風景そのままだ」と思ったのである（ほんとうにそう思ったのである）。物語の中に「自分自身の記憶」と同じ断片を発見したとき、私たちは自分がその物語に宿命的に結びつけられていると感じる。けれども、それはほんとうは「自分自身の記憶」などではなく、事後的に、詐術的に作り出した「模造記憶」なのである。

「強い物語」は私たちの記憶を巧みに改変してしまう。物語に出てくるのと「同じ体験」を私もしたことがあるという偽りの記憶を作り出す。その力のことを「物語の力」と呼んでよいと私は思う。それだけが私たちを私たち自身のままであることに釘付けにしようとするトラウマ的記憶から私たちを解き放つのである。

『1Q84』はまだ四分の一残っている。

私の予感では、この物語は終盤に至って「強い物語による記憶の改変」というこの論考の主題に漸近線的に近づいてゆくのではないかと思う。

読み終わった後になってから「あとぢえ」で、「いや、オレはこんどの村上春樹の新作はきっと『記憶と時間とトラウマ』にかかわるものになると思っていたよ」と手柄顔で言うのが厭なので、読み終えていない段階で「予言」するのである。

違っていたら、ごめんね（違ってました）。

（二〇〇九年　六月四日）

第二章

邪悪なものの鎮め方

呪いと言祝ぎ

霊的体験とのおつきあいの仕方

前期卒業式に出て、卒業生の名前を読み上げてから、あわてて「現代霊性論」の教室に駆け込む。三〇分ほど遅刻だが、釈徹宗先生がそのあいだにニューエイジ・ムーヴメントについて概論的なお話をしてくれたそうである（私も聴きたかった）。

ニューエイジや「精神世界」は「メタ宗教」なのか「もうひとつの宗教」なのか。釈先生はこれらは「もうひとつの宗教」に過ぎず、既存の宗教を止揚するものではないという立場を取られている。

なるほど。

私は（友人知人に「こっち系」の人が多いせいもあって）、ニューエイジに対してはわりとフレンドリーな立場を取っている。イルカに触れたり、ヨガや断食や瞑想で霊的な経験をされることを私は人間にとってごく自然なことだと思うからである。

霊が降りてくるとか、悪霊に憑かれるとか、神秘体験をするとか、呪いをかけられるとか、そういう種類の宗教経験は「精神病理」の術語をもちいて「科学的に」説明するか、ある種の詩的幻影のようなものに類別するか、いずれにしても「収まるところに収める」のが近代主義の骨法である。

でも、私はものが「収まるところに収まる」ということがあらゆる場合にベストのソリューションだとは考えていない。「収まりの悪いもの」がそのへんにごろごろしていても、私は別に気にならない。

つねづね申し上げている通り、どのような理論にとっても「説明過剰」を自制することはたいへん難しい。その理説が妥当する事例だけに踏みとどまれずに、その理説をむりに適用しなくてもよい事例にまで過剰適用しようとすることで、これまでさまざまな社会理論はその寿命を縮めてきた。

それは畢竟《ひっきょう》するに「収まりの悪いもの」に対する嫌悪感が過大であることに起因しているように私には思われる。

「よくわからないもの」があってもいいじゃないですか、別に。

「既存のカテゴリーにうまく収まらないもの」は既存のカテゴリーの「刷新」や「改良」を要求する生産的なファクターであって、いささかも嫌うべきものではないと私は思っている。

私自身は自分が奉じている理論（というほどのものもないけど）があらゆる事例をカバーできるなんて思っていない。だから、その理論ではうまく説明できない事例に出会えば、興味を抱きこそすれ、無視したり、むりやり既知のものと同定したりはしない。宗教的経験は「よくわからないもの」の宝庫である。それはさまざまな仮説の生成をうながす栄養豊かな培養基のようなものだと私は思っている。

私がタレント霊術師のような方々を好かないのは、彼らが「話を単純にすること」に固執する点において、彼らの対極にある「科学主義者」と双生児のように似ているからである。たしかに、「水子の祟りです」とか「トイレの方角が悪いからです」とかいうチープな物語に回収されることで救われる人がいることを私は否定しない。切羽詰れば、人間「鰯の頭を拝め」と言われれば拝むものである。拝んで治れば、それは正しい治療法だったことになる。だから、「よくわからないこと」をチープでシンプルな話型に回収することは、緊急避難的には許されるべきだと私も思う。

それは医者が患者に「これで眠れます」とシュガー・コーティングした小麦粉のプラシーボを投薬するのと同じことである。結果的に患者が眠れて健康を回復できるなら、これくらいの嘘は方便のうちである。

だが、「一時しのぎ」はあくまで「一時しのぎ」であり、一般化すべきではない。宗教的体験はむしろ「話を複雑にする」ことによって私たちの思考力と感受性を向上させる契機だからである。宗教的体験を（否定するにせよ、肯定するにせよ）「シンプルな話型」に回収することは人間の潜在的な力を開発する上で有害無益である。

宗教体験のもたらす最大の贈り物は、それについて簡単な説明を自制することによって「人間の出来が良くなる」ことである。

この領域での私の先達は池上六朗先生である。池上先生は「奇怪なる霊的グッズ」の熱心なコレクターである。先生ご愛用の「ぐるぐる回るピラミッド」や「チャクラ・オープナー」はいったいどうしてそれが何に効くのか、原理がよくわからない治療具である。

「でも、いいじゃない。効くんだから」と池上先生は笑っている。

池上先生の治療理論はそんなふうに「ドアがあいている」。「説明できないものは無視する」のでも、「説明できないものをむりやり説明してみせる」のでもなく、「説明できないものは説明しない」という節度が池上先生の思想と技法の科学性を担保している。

池上先生は外国航路の航海士として世界各地で「何がなんだかわけのわからない経験」を山のようにしてきた方である。その上で、「わからないことがあっても気にしない」というノンシャランスと「経験的に『効く』ことが確かめられたものなら、治療原理がわからなくても使ってみる」というプラグマティズムを身につけられたのだと思う。

そういう中途半端な立ち位置にある人は、中途半端であるからこそ、仮説の提示とその吟味のための実験を厭わないし、実験に耐えない仮説を廃棄することをためらわない。

実験と仮説に対するこの開放的な構えのことを「科学的」というのだと私は信じている。
現代霊性論の授業に一度池上先生においで願って、先生の世にも怪奇な経験の数々をご披露いただき、ついでに学生たちの肩こりや腰痛も治してもらっちゃおかしら。

（二〇〇五年　一〇月二五日）

呪いのナラティヴ

週末は東京。新宿住友ビルで本願寺（こんどはお東さん）の市民講座。

聴衆は一〇〇人くらいの市民のみなさん。雨の中をお運びいただき、まことに申し訳ない。

このところのテーマである「呪いのナラティヴ」について九〇分お話しする。

私たちの時代に瀰漫《びまん》している「批評的言説」のほとんどが、「呪い」の語法で語られていることに、当の発話者自身が気づいていない。

「呪い」というのは「他人がその権威や財力や威信や声望を失うことを、みずからの喜びとすること」である。さしあたり、自分には利益はない。

でも、「呪う人」は他人が「不当に占有している利益を失う」ことを自分の得点にカウントする。

久しくこのゼロサム的社会理論は左翼の思想運動において「政治的正しさ」の実現とみなされてきた。

マルクスの労働価値説がそれでも人間的理説でありえたのは、「ブルジョワが不当に占有している利益」を「プロレタリアが奪還する」ことの正当性を挙証したマルクス自身がブルジョワであり、彼にその理論の構築を促したのが、一九世紀なかばのイギリスの児童労働者に対する「惻隠《そくいん》の情」だったからである。

マルクス主義が倫理的でありえたのは、「私たちから奪ったものを私たちに返せ」と主張したからではなく、「彼らから奪ったものを私たちは返さなければならない」と主張したからである。マルクスとエンゲルスは「奪う権利をもつもの」としてではなく、「奪われるもの」としてプロレタリアの権利について考えたのである。

社会的リソースの分配についてだけ見れば、どういう言い方をするにせよ、ブルジョワの専有物がプロレタリアに還付されるなら、結果的には同じことである。

同じことだが、違う。

祝福と呪詛ほどに違う。

私たちの社会では、「他者が何かを失うこと」をみずからの喜びとする人間が異常な速度で増殖している。

これはひとつには「偏差値教育」の効果であるとも言える。

偏差値というのは、ご存知の通り、同学齢集団の中のどこに位置するかの指標であり、絶対学力とは何の関係もない。

自分の偏差値を上げるためには二つ方法がある。

自分の学力を上げるか、他人の学力を下げるか、である。

そして、ほとんどの人は後者を選択する。その結果、私たちの社会では、偏差値競争が激化するのに相関して、子どもたちの学力が低下するという不可解な現象が起きている。

子どもたちは自分の周囲の子どもたちの学習時間を減らすこと、学習意欲を損なうことについてはきわめて勤勉である。ほとんど感動的なまでに勤勉である。それは、彼らが級友が失った学習時間や学習意欲を自分の「得点」にカウントする習慣をいつのまにか身につけてしまったからである。

だから、学習塾で学校より先に進んでしまった子どもたちは、授業妨害の仕事にたいへん熱心に取り組む。それは「教師の話を聴かないで、退屈そうにしている」という消極的なしかたで教室の緊張感を殺ぐことから始まり、私語する、歩き回る、騒ぎ立てる、というふうにエスカレートする。

彼らがそれほど熱心なのは、それを「勉強している」ことにカウントしているからである。

たしかに、彼らは級友たちの学習時間を削減し、学習意欲を損なうことには成功しているのである。だから、そのささやかな努力の成果は彼らの「偏差値」のわずかな上昇として現れることを期待してよいのである。

競争が同一集団内だけで行われるのであれば、自分の学力を高めることと、他人の学力を下げることとは、意味は同じである。そして、他人の学力を下げる方がはるかに費用対効果が高い。だから、子どもたちが自分の学力を上げるための時間とエネルギーをもっぱら級友たちの学習意欲を損なうことに振り向けるのは判断としてはきわめて合理的なのである。そんなふうにお互いの学力を下げることに熱中しているうちに、日本の子どもたちの学力は国際的に最低レベルにまで下がってしまった。

これを是正するために、教育行政は「さらなる競争」が必要であると主張しているが、競争圧力を加えれば、学力がさらに低下することは避けがたい。

どうして教育行政がこのような単純な理路を見落とすのかと言えば、それは官僚たちが、彼ら自身「他人のパフォーマンスを下げること」を通じて、今日の地位を得てきたからである。そのような人々に「他人のパフォーマンスを上げる」方法について妙案があるはずがない。彼らは自分たちが権限を行使しうる領域については、人々が怯え、萎縮し、卑屈になるためのアイディアしか思いつかないのである。そして、当の役人たちは自分たちが「そんなこと」をしていることに気づいていない。

これが「呪い」の効果である。

九〇年代からあと、日本社会では、ほとんどの批評的言説はつねに「呪い」の語法で語られてきた。

私の書いているこの文章も例外ではない。

批評性はつねに「呪い」に取り憑かれるリスクを負っている。だから、私たちは絶えず自分の言動のうちに含まれている「呪い」を「祓《はら》う」必要がある。

呪いを祓うとはどういうことか。

それについてお話をする。

（二〇〇八年　六月二三日）

被害者の呪い

毎日新聞に三ヵ月に一度「水脈」というコラムを書いている。いささか旧聞に属するが、そこに聖火リレーのことを書いた。昨日の夕刊に出たので、もうブログに採録してもよろしいであろう。

こんな話である。

オリンピックの聖火リレーをめぐる騒動を眺めていて、いささか気鬱になってきた。何か「厭な感じ」がしたからである。何が厭なのか、それについて少し考えたいと思う。

熱い鉄板に手が触れたときに、私たちは跳びすさる。「手が今熱いものに触れており、このまま放置すると火傷するので、すみやかに接点から手を離すことが必要である」というふうに合理的に推論してから行動するわけではない。たいていの場合、私たちはわが身に何が起きたのかを行動の後に知る。

聖火リレーにまつわる「厭な感じ」はそれに似ている。

だから、この論件については、誰の言い分が正しく、誰の言い分が誤っているというような「合理的」なことは申し上げられない。それは「厭な感じ」が議論の内容ではなく、論を差し出す仕方のうちに感知されているからである。語られている政治的言説の当否は私にとっては副次的なことにすぎない。

私が「厭な感じ」を覚えたのは、たぶんこの政治的イベントに登場してきた人たちが全員「自分の当然の権利を踏みにじられた被害者」の顔をしていたせいである。

チベット人の人権を守ろうとする人々も、中国の穢《けが》された威信を守ろうとする人々も、聖火リレーを「大過なく」実施したい日本側の人々も、みな「被害者」の顔で登場していた。ここには「悪者」を告発し、排除しようとする人々だけがいて、「私が悪者です」と名乗る「容疑者」がどこにもいない。

そんなの当たり前じゃないか、と言われるかもしれない。権利を主張するということは「被害者」の立場を先取することなのだから、と。

まことに、その通りである。「本来私に帰属するはずのものが不当に奪われている。それを返せ」というのが権利請求の標準的なありようである。それで正しい。困ったことに、私はこの「正しさ」にうんざりし始めているのである。

近代市民革命から始まって、プロレタリアの名における政治革命も、虐げられた第三世界の名における反植民地主義の戦いも、民族的威信を賭けた民族解放闘争も、つねに「被害者」の側よりする「本来私に帰属するはずの権利の奪還」として営まれてきた。

私たちが歴史的経験から学んだことの一つは、一度被害者の立場に立つと、「正しい主張」を自制することはたいへんにむずかしいということである。

争いがとりあえず決着するために必要なのは、万人が認める正否の裁定が下ることではない（残念ながら、そのようなものは下らない）。そうではなくて、当事者の少なくとも一方が（できれば双方が）、自分の権利請求には多少無理があるかもしれないという「節度の感覚」を持つことである。エンドレスの争いを止めたいと思うなら「とりつく島」は権利請求者の心に兆す、このわずかな自制の念しかない。

私は自制することが「正しい」と言っているのではない（「正しい主張」を自制することは論理的にはむろん「正しくない」）。けれども、それによって争いの無限連鎖がとりあえず停止するなら、それだけでもかなりの達成ではないかと思っているのである。

私が今回の事件を見ていて「厭な感じ」がしたのは、権利請求はできる限り大きな声で、人目を惹くようになすことが「正しい」という考え方に誰も異議を唱えなかったことである。「ことの当否を措いて」自制を求める声がどこからも聞こえなかったことである。

「いいから、少し頭を冷やせ」というメッセージが政治的にもっとも適切である場面が存在する。そのような「大人の常識」を私たちはもう失って久しいようである。

「被害者意識」というマインドが含有している有毒性に人々はいささか警戒心を欠いているように私には思える。

以前、精神科医の春日武彦先生から統合失調症の前駆症状は「こだわり・プライド・被害者意識」と教えていただいたことがある。

「オレ的に、これだけはっていうコダワリがあるわけよ」というようなことを口走り、「なめんじゃねーぞ、コノヤロ」とすぐに青筋を立て、「こんな日本に誰がした」というような他責的な文型でしかものごとを論じられない人は、ご本人はそれを「個性」だと思っているのであろうが、実は「よくある病気」なのである。

統合失調症の特徴はその「定型性」にある。

「妄想」という漢語の印象から、私たちはそれを想念が支離滅裂に乱れる状態だと思いがちであるが、実はそうではない。妄想が妄想として認定されるのは、それがあまりに定型的であるからである。

健全な想念は適度に揺らいで、あちこちにふらふらするが、病的な想念は一点に固着して動かない。その可動域の狭さが妄想の特徴なのである。

病とはある状態に「居着く」ことである。

私が言っているわけではない。柳生宗矩《むねのり》がそう言っているのである（澤庵禅師も言っている）。

「こだわる」というのは文字通り「居着く」ことである。「プライドを持つ」というのも、「理想我」に居着くことである。「被害者意識を持つ」というのは、「弱者である私」に居着くことである。

「強大な何か」によって私は自由を失い、可能性の開花を阻まれ、「自分らしくあること」を許されていない、という文型で自分の現状を一度説明してしまった人間は、その説明に「居着く」ことになる。

人をして居着かせることのできる説明というのは、実は非常によくできた説明なのである。あちこち論理的破綻があるような説明に人はおいそれと居着くことができない。居心地がいいから居着くのである。自分の現況を説明する当の言葉に本人もしっかりうなずいて「なるほど、まさに私の現状はこのとおりなのである」と納得できなければ、人は居着かない。

そして一度、自分の採用した説明に居着いてしまうと、もうその人はそのあと、何らかの行動を起こして自力で現況を改善するということができなくなる。

というのは、自助努力によって自由を回復し、可能性を開花させ、「自分らしさ」を実現し得た場合、その事実によって、「強大なる何か」は別にそれほど強大ではなかったということになるからである。

「強大な何か」による自己実現の妨害をはねのけることができたという事実は「私が自

由に生きることを妨害する強大な何かがある」という前提そのものと背馳《はいち》する。それゆえ、一度「強大な何かによる自己実現の妨害」という説明を採用してしまった人間は、以後自分の「自己回復」のすべての努力がことごとく水泡に帰すほどに「強大なる何か」が強大であり、遍在的であり、全能であることを必要とするようになる。

自分の不幸を説明する仮説の正しさを証明することに熱中しているうちに、人は自分がどのような手段によっても救済されることがないほどに不幸であることを願うようになる。

これは社会改革を求めるあらゆる社会理論が陥るピットフォールである。

「私たちの社会はろくでもないものであるので、緊急な改革が必要である」と主張する理論がただちに聞き届けられ、社会がてきぱきと改善された場合、その社会は当の事実から推して「合理的主張がすぐに実現する、ずいぶんとまともな社会」だということになる。逆に、社会改革のあらゆる試みが組織的に破綻するときには、その社会が「緊急な改革を要するほどに病んだ社会」であるという前提が真であることが立証される。つまり、社会改革理論は前段が真であれば、後段が成り立たず、後段を成り立たせるためには前段が偽であることを必要とするという、「ねじれた」論理構造をもつことを余儀なくされるのである。

「被害者である私」という名乗りを一度行った人は、その名乗りの「正しさ」を証明するために、そのあとどのような救済措置によっても、あるいは自助努力によっても、「失ったもの」を回復できないほどに深く傷つき、損なわれたことを繰り返し証明する義務を負うことになる。

「私はどのような手だてによっても癒されることのない深い傷を負っている」という宣言は、たしかにまわりの人々を絶句させるし、「容疑者」に対するさまざまな「権利回復要求」を正当化するだろう。けれども、その相対的「優位性」は「私は永遠に苦しむであろう」という自己呪縛の代償として獲得されたものなのである。

「自分自身にかけた呪い」の強さを人々はあまりに軽んじている。

（二〇〇八年　五月一三日）

裁判員制度は大丈夫？

あと一年ほどで裁判員制度が導入される。ゼミでこの件について論じるのはもう四回目である。

毎回学生さんたちはなんとなく片付かない顔になる。

そもそも、この制度を「導入しよう」と言い出したのは誰なのか。それがわからないのである。

「導入しよう」と言い出した以上は、その人たちにとっては、制度の導入によって何らかの利益が見込めると思ったはずである。

何の利益か、それがわからない。

法務省にとって、この制度の導入はどんな利益があるのか。最高裁のＨＰにはこう書いてある。

「国民のみなさんが刑事裁判に参加することにより、裁判が身近で分かりやすいものとなり、司法に対する国民のみなさんの信頼の向上につながることが期待されています」

なんということもない文言であるが、こういうことを最高裁が言い出すということは言い換えれば、「裁判が身近ではなく、わかりにくく、司法に対する国民のみなさんの信頼が低下している」ということが前段になければならない。論理的にはそういうことになる。現に裁判が身近でわかりやすく、国民の司法への信頼が篤ければ、司法制度をいじる必要はないからである。

だから、裁判員制度の前件は「司法制度はうまく機能していない」ということになる。でも、そういうことをふつう司法制度の当事者が言うだろうか。

私は言わないと思う。絶対に。

メディアが言うなら、わかる。政治家が言うのなら、わかる。日弁連が言うのでも、わかる。でも、誰からも文句が出ていないのに、裁判官が自分から「裁判制度は早急になんとかせないかんです」と言い出すということはありえない。

百歩譲ってあったとしても、その場合裁判を「身近でわかりやすいもの」にし、司法への信頼を回復する方法はいくらでもある。

司法制度への国民的理解を深めたいとほんとうに思うなら、いちばん簡単なのは「法律学」を中高の社会科の必修にすることである。今だって、「公民」という科目がある。その一部を法律学と法社会学と法制史と司法制度の解説に割けば、国民の司法への理解は飛躍的に高まるであろう。学習指導要領を書き換えるだけなんだから簡単である。

そういう簡単な方法が他にもあるにもかかわらず、裁判官たちが自分の職域に「素人」を招き入れて、彼らに裁判権を分割することで司法制度が改善されるというアイディアを進んで提唱するということはありえない。

例えば、教育制度はうまくいっていない。では、というので、生徒たちを教壇に上げて「教育員」に採用し、教師ともども授業をやってもらうという代案を思いつく教師はいない。

医療制度もうまくいっていない。では、というので、患者たちを診察室へ呼び入れて、「医療員」に任じて、医者といっしょに医療行為をしてもらうという代案を思いつく医者はいない。

警察も不祥事が多い。では、というので、一般市民を「警察員」に登用して、警官といっしょに捜査や取り調べに当たるという代案を思いつく警察官僚はいない。当たり前だが、それらの仕事はどれも専門的知見と経験を必要とするからである。素人に着流しで現場を歩き回られては困る。

これが常識である。その中にあって、裁判官たちだけが他の専門家とはまったく違う考え方を採ったということを私は信じない。

日本中の裁判官たちはこの司法制度の改革に反対しているはずである。職掌上、個人的意見を開陳することを禁じられているので黙っているが、内心ずいぶん怒っているはずである。

と思う。

だから、この制度改革が裁判所主導で進められたと私は考えていない。

では、誰が主導したのか。

裁判の厳罰化を求める勢力がこの制度改革を支持したという可能性はある。裁判員制度の導入で間違いなく「メディアの論調」は司法判断に反映するようになる。

ただ、かかわるのは刑事事件だけであるから、国が被告であるところの公害訴訟とか、そういうところには市民感情は反映しない。関係するのは殺人事件などの凶悪事件だけである。

凶悪事件については、あきらかに判例と市民感情のあいだには乖離《かいり》がある。市民感情は刑法条文や判例とかかわりなく厳罰を望む傾向がある。裁判員制度の導入は「厳罰化」による秩序と倫理の回復を求める政治家や知識人が支持したのかもしれない。

しかし、殺人事件の審理に参加した市民裁判員は、テレビに向かっているときには「そんなやつは死刑にしちゃえばいいんだよ」と気楽にコメントしていたとしても、自己責任で死刑に一票を投じることには少なからぬ心理的抵抗を感じるはずである。裁判官なら職業的覚悟にもとづいて死刑判決を下せるだろうが、一般市民はそのような心理的訓練を受けていない。

裁判官だけで下した判決であれば死刑になっていた判決が、裁判員を入れたために懲役刑に減刑されるケースが出てくる可能性はあると私は思う。だから、もし「厳罰化」を求めて裁判員制度を導入したのだとしたら、そのもくろみは成功しないだろう。有期刑の量刑はどうなるかわからないが、死刑判決はむしろ減るはずである。

それより、私がいちばん懸念しているのは、裁判員になった市民たちがこうむるトラウマの影響が過小評価されていることである。

殺人事件について、私たちがメディア経由で知らされるのは、その全貌のほんの一部にすぎない。けれども、裁判員は調書を閲覧するときに、そのありのままを見せられる。それは「人間がどれほど邪悪で残忍で非理性的になりうるか」ということをまぢかに知ることである。

人間性の暗部に触れることはしばしば人の心に回復不能の傷を残す。というか、それに触れてしまった人にしばしば生涯にわたって回復不能の精神外傷を負わせるものを私たちは「人間性の暗部」と呼んでいるのである。

そのようなものに心理的成熟にばらつきのある市民たちが組織的にさらされることについてはどう考えているのだろう。

事件の内容だけでなく、評議の過程で、裁判官や他の裁判員たちの態度にショックを受けるということも考えられるが、裁判員たちはこれらのことについては生涯にわたる守秘義務を課されている。職務上知り得た秘密を漏洩した場合には六ヵ月以下の懲役または五〇万円以下の罰金に処される。

裁判員に選任されたことによって重篤なＰＴＳＤに罹患する市民が出た場合、彼らは「職務上知り得た秘密」を医師やカウンセラーには話してもよいのか、それさえも禁じられているのか、そのあたりのことは事前に明らかにしておいた方がいいような気がする。

（二〇〇八年　七月九日）

人工臓器とコピーキャット

四年生のゼミは「人工臓器」、大学院は「シリアルキラー」。毎度、たいへんに刺激的な主題である。

人工臓器の話は転々として、「整形」はよいのか、「不老不死」を望むのはよろしいのか、「身体加工」はどこまでが可能か……と興味深い議論が展開したが、個人的にいちばん面白かったのは、「心臓移植をすると人格が変わる」という話。

これは臓器移植法案の審議のころにもときどきメディアをにぎわしていたが、心臓移植をされたレシピエントがドナー（誰だか知らないひと）の記憶や経験をフラッシュバックするという話をずいぶん聴かされた。

レシピエントの女性ができないはずのバイクの運転をしたとか、急に煙草を吸いだした（ドナーと同じ銘柄の）とか、ドナーが死の瞬間に見た景色の残像を見たとか。

事実としてそういうことがあるかはどうでもよろしい。問題は「そういうことがある」と信じたがる心性が存在することである。

ドナーからの記憶の移転を説明するための仮説として、細胞には感情や記憶が断片的に残っているという説がある。

心臓の細胞には記憶が残っているという。

そういえば、「心が痛む」とか「心にしみる」とかいう表現は世界中の言語にある。非常に強烈な感情を経験すると、私たちの心臓はどきどきする。

そのような経験を積み重ねれば、ある種の感情（それは内分泌の変化や神経系のパルスの変化をともなう）と心臓の細胞のあいだに習慣的なリンケージが形成されるというのはありそうな話だ。パブロフの犬と同じで。

その心臓が移植されると、「心臓と感情のリンケージ機能」も断片的に移植されるということは理論的にはあってもおかしくない。

そう思いません？

私たちは「心で感じたり」、「肚を括ったり」、「腑に落ちたり」、「肝が太かったり」、「腰が砕けたり」、さまざまな社会的なふるまいと身体部位の状態をリンクさせている。こういう常套句には、たぶんそれなりの解剖学的根拠がある。

むかしは「腹が立った」が、その後「胸がむかつく」になり、さらに「頭に来た」になるというふうに、怒りの感情とリンクする臓器も時代とともに変化している。

私が子どもの頃は「おへそで茶を沸かす」という言い方がまだよく使われていた。もう二〇年くらい、この表現を聞いたことがない。

若い方はご存じないだろうが、これは笑うと丹田が充実して、おへそのまわりだけ体温が上がるからである。たぶん、「丹田が熱くなるほど笑う」という笑い方を日本人はもう身体技法としては失ってしまったのであろう。

「武者震《むしゃぶる》い」というのは、戦場でいざ合戦というときになると、人間の身体は激しく震動することを言う。別に恐怖心で震えているわけではない。「気合いを入れる」とそうなるのである。武者震いすると鎧《よろい》の各部が激しく触れ合い、その音が敵味方ふくめて戦場全体で同時に始まるのである。だから、合戦が始まる直前には「ごおおお」という金属音が戦場中に響き渡ったと言われている（見てきたわけじゃないけど）。

ある種の身体操作とある種の心性はリンクしている。甲冑を着て合戦をするという習慣がなくなれば、「武者震い」もなくなる。ある種の社会的行動がなくなれば、それに関連した身体現象も消滅する。逆に言えば、ある種の身体部位が（たとえば臓器移植で）自律的に活動したときに、それまで自分が経験したことのなかった心性や情緒の断片がフラッシュバックするということは、ありそうな気がする。

まあ、こういう発想は医療工学の人とか絶対しないでしょうけど。

大学院ではどうしてシリアルキラーはアメリカでばかり集中的に出現するのかという話。

世界の人口の五％しかいないアメリカが世界中の連続殺人者の八〇％を提供している。これは一種の「風土病」と考えてよいだろう。

その原因についてはいろいろと意見が出たけれど、私はこれをある種の「コピー志向」ではないかと考える。

ご存じのとおり、シリアルキラーに関しては「プロファイリング」という捜査方法の有効性が知られている。

プロファイリングを基礎づけるのは、端的に言えば、「シリアルキラーは自分と人種、年齢、学歴、職業、家庭環境などが似ている先行者と非常に似た殺人方法を採用する」という経験則である。

シリアルキラーは本質的に、先行するシリアルキラーの「コピーキャット」だということである。だからこそ「コピー」を「オリジナル」と照合すれば、犯人像を特定できる。

これがどういう事件なのか、どういう犯人像なのか、総じて「この殺人は何を意味するのか」、それを知りたければ、これに先行する事犯を参照せよ。それがコピーキャットからのメッセージである。

シリアルキラーは殺人において、先行者ばかりか、自分自身をもコピーする。第二の殺人が何を意味するのか、それを知りたければ第一の殺人を参照せよ。それが「シリアル」ということのメッセージである。

事件を単独のものとして見てはならない。「シリーズ」として見ないとそれが何を行っているのかわからない。

なぜか？

それは単独の殺人事件に比べて、シリアルな殺人事件の方が、被害者を傷つける仕方が深いからである。邪悪さが深いからである。

たくさん殺したから、その分だけ算術的に邪悪であるということではなく、シリアルキラーの邪悪さは、それが被害者の人間の唯一無二性を損なうことに存するからである。被害者個人には何の意味もなく、他の被害者たちとの「等差数列」の中に置かないと意味がないものとすること、つまり被害者を生身の人間ではなく「記号」に化してしまう点に、シリアルキラーの本来的な邪悪さはある。

（二〇〇四年　六月二三日）

記号的殺人の呪い

二〇〇八年の六月、二五歳の青年が秋葉原の街にトラックで突っ込み、七人を殺し、一〇人に怪我を負わせるという無差別殺傷事件があった。

この事件の後に、いろいろなメディアからコメントを求められ、所見を述べた。自分の意見を書きながら、これについて論じるのは、論じること自体がすでに容疑者の術中にはまることではないかという厭な気分がした。

それは、容疑者が「殺すのは誰でもよかった」と言っているからである。

殺すのは誰でもよかった。そして、七人の死者がいる。

そうなると、メディアにとっても警察にとっても、「殺されたのは誰か?」ということはとりあえず副次的な問いになってしまう。容疑者が言うとおり、この七人は「誰でもよかった死者」になってしまう。そうやってひとりひとりの死者の顔は視野から排除され、「七人」という数字だけが残る。

たしかに事件の翌々日ぐらいまでの新聞は、被害者はこういう人でしたと、被害者の実名を出し、その人たちが、これこれこういう生活をしていて、こういうかたちで死んだことで親族や友人が悲しんでいるということを報道していた。けれども、報道は長くは続かない。というのは、被害者がどんな人であったかということをどれほど詳しく報道しても、それによっては事件の本質についての理解は少しも進まないからである。

問題なのは数だけである。死者七人、負傷者一〇人という数だけが繰り返し取り上げられる。この事件について説明しようとか解釈しようとする人間も、その点では全員が犯人と同じことをしている。「殺すのは誰でもよかった」という犯人の言葉に無言のうちに同意を与えている。人々は、彼はこの人たちを殺すことを通じていったい何をしようとしたのかを問う。そのとき被害者たちは「この人たちを殺すことを通じて」容疑者が何かメッセージを発信するための道具的な存在に、記号のレベルに貶《おとし》められている。

誰であれ、この事件について語る人は、「誰でもよかった七人の死者」という言い方を繰り返す。そして繰り返すたびに（私が今しているように）、彼らを道具的・記号的に「利用」した容疑者に事後的に加担することになる。

この事件の悪魔的な点は、社会全体を共犯関係に巻き込むということにある。「殺すのは誰でもよかった」と容疑者が宣言する事件について論じるすべての人は「殺されるのは誰でもよかった」というその宣言を反復することを強いられる。そうやって、殺された人たちの個人的な威信とか、実存の厚みや深みを、そのつど全否定していくことに加担させられる。

「セカンド・レイプ」という言葉があるけれど、それを借りて言えば、これは「セカンド・マーダー」と言うべきであろう。

もう一点、この事件の悪魔的なところは、これが一種の「歌枕」構造を持っていることである。

この事件は、容疑者が自分でも言っている通り、二〇〇一年の池田小事件を踏まえている。事件があったのが、六月八日、七年前の同じ日である。その二年前の九九年には、下関で通り魔無差別殺人事件があった。これはJR下関駅で、レンタカーに乗った犯人が、車で七人をはねて、その後両手に包丁を振りかざして、五人を殺して、一〇人に重軽傷を負わせた事件である。秋葉原の殺人事件は、この下関の通り魔殺人事件を踏まえている。

下関の殺人事件の三週間前には、池袋の通り魔殺人事件があった。この事件の犯人は包丁と金槌とを両手に振り回して、通行人に襲いかかって、二人を殺している。その後も類似の事件があった。一月には品川で、三月には土浦で、そのあと岡山でというふうに、この六月八日の秋葉原の事件に先立って、類似した事件がいくつもあった。

だから、この事件が起きたときにも当然のように、メディアは（今私がやったように）これら先行する事件を列挙することになった。こういう文脈の中で起きた事件なのだから、たしかに報道するのは当然なのだ。だが、この「類似した事件は報道するのが当然」であるがゆえに、「類似した事件が続発する」という循環構造を私たちは見落としてはいけない。

これは、文学史における「歌枕」と同じ構造になっている。

「歌枕」というのは、古人がその景観に感じて一首一句を詠《よ》んだ景勝地や名所旧跡のことである。ここでかつて西行法師が詠んだ、飯尾宗祇《そうぎ》が詠んだ、松尾芭蕉が詠んだという場所がある。当然、そこに行くと、とりあえず誰でも一首あるいは一句詠む。そうやって、その歌枕には、数百、数千の、無数の古歌が蓄積していく。

だから、歌道に詳しい人は、歌枕で詠まれた詩歌については、それがどの古歌を踏まえているのか言い当てることができる。歌枕で詠んだ歌というのは、どんなに不出来な歌であっても、古歌を踏まえている（ことになっている）。

それを知らずに解釈すると恥をかく。凡歌駄句であると評したところが、実はこれは何百年前のこれこれこういう古歌を踏まえている奥行きの深い歌である、教養のない奴にはわかるまいと笑われる可能性がある。

「物しれる人の見侍らば、さまざまの境にもおもひなぞらふるべし」と芭蕉が『笈《おい》の小《こ》文《ぶみ》』に書いているように、「物しれる人」であれば、歌枕で詠まれたなにげない一句から、それが踏まえたさまざまの古歌、故事来歴をすらすらと言い当てることができる。

歌枕で歌を詠むことの最大のメリットはここにある。

一見するとどうにもみばえのしない駄作でも、もしかすると先行する古歌を踏まえて詠まれたものかもしれないという「買いかぶり」を誘い出すことができる。

シリアルキラーは「この殺人の意味が知りたければ前件を参照せよ」というメッセージを発信する。前の事件を参照せよ。そして、自分自身もシリアルキラーなわけだから、犯人自身が自己模倣をする。それによってひとつひとつの事件の個別性は問われなくなる。

金をめぐるトラブルであるとか、怨恨であるとか、痴情のもつれであるとか、そういうことで起きた殺人事件は、ある意味ではすっきりしている。これこれの理由があって人が殺された。容疑者はこういう人物であった。被害者はこういう人物であった。二人の間にはついには殺人にまで至る抜き差しならぬかかわりがあった、と。さまざまなしがらみの果てに、こういうふうになってしまったのだ、と。

こういう「理由のわかる殺人」の場合にメディアは被害者がなぜ殺されるに至ったのか、容疑者がなぜ殺すに至ったのかについて、それぞれの前史を遡及し、場合によっては、家族の歴史までひもとき、長い物語を語ろうとする。

推理小説で名探偵が登場してやる仕事がそうである。

探偵は一見して簡単に見える事件が、被害者と容疑者を長い宿命的な絆で結びつけていた複雑な事件であったということを明らかにする。読者たちはその鮮やかな推理からある種のカタルシスを感じる。それは探偵がそこで死んだ人が、どのようにしてこの場に至ったのかについて、長い物語を忍耐づよく語ってくれるからである。その人がこれまでどんな人生を送ってきたのか、どのような経歴を重ねてきたのか、どのような事情から、他ならぬこの場で、他ならぬこの人物と遭遇することになったのか。それを解き明かしていく作業が推理小説のクライマックスになるわけだが、これはほとんど葬送儀礼と変わらない。

喪の儀礼というのは、まさに「そういうこと」だからである。

死者について、その死者がなぜこの死にいたったのかということを細大漏らさず物語として再構築する。それが喪の儀礼において服喪者に求められる仕事である。私たちが古典的なタイプの殺人事件と名探偵による推理を繰り返し読んで倦まないのは、そのようにして事件が解決されるプロセスそのものが同時に死者に対する喪の儀礼として機能していることを直感しているからなのである。

しかし、コピーキャットの場合には、このようなタイプの浄化がなされない。「目的もなく人を殺した」という記号的な殺人の場合は、その死者について、その人がどんな人物であったかということを物語的に再構築することには事件解決のためには何の意味もないからである。被害者が他ならぬそのとき、その場所で犯人と出会ってしまうに至った歴史的経緯を物語っても、それは事件の解決にまったく資するところがない。そのように事件が構築されている。

固有名をもった死者についての知識が事件の本質の理解や犯人の動機の解明にまったく役立たない。コピーキャットに殺された死者は「まったく役に立たない死者」であるという仕方で、死んだ後にもう一度殺される。

秋葉原の事件の後にあらゆるメディアに氾濫したように、この事件はどのような先行犯罪を踏まえているかについて、知識人たちは次々と「古歌」を探し始めた。私が読んだ中で一番驚いたのは、ある人がこれはドストエフスキーの『罪と罰』を想起させると言ったことである。事件の報道を読んで、ふとラスコーリニコフのことを思ったという。私は、つい誌面に向かって、「思うな」と言ってしまった。たぶん犯人はドストエフスキーなど読んではいない。けれども、「物しれる人」たちは次々と、誰にも頼まれていないのに「深読み」を始めてしまう。そして、そこに「歌枕」が築かれ、さらに次なるシリアルキラーを呼び寄せることになる。

記号的殺人を犯す人たちはそのことが分かっている。とりわけ社会的評価が低いことに苛立ち、自分を大きく見せたい、高い評価を得たいと思うものは、「歌枕」に立てば、どのような凡庸な歌を詠んでも、うまくすれば「深読み」してもらえることを知っている。さまざまな解釈を呼び寄せるためにはオリジナルである必要は全くない。逆である。

できるだけ「先行する犯罪にそっくり」であることが重要なのだ。オリジナリティがなければないほど、人々はその「深読み」に夢中になる。模倣的であればあるほど人々は解釈に熱中する。それが歌枕の構造である。

学術論文の場合、インパクトファクターといって、被引用回数が論文の価値を計量するひとつの指標になる。犯罪の場合にも同じことが言える。

犯罪のインパクトの大きさを計量するのは「被言及回数」である。そして、被言及回数を高めるために経験的に確実な方法は先行する犯罪とまったく同じ犯罪をすることである。そうすれば、この次のコピーキャットがまたそれと同じ犯罪をしたときに先行事例として必ず言及されることになるからである。

そして、自分のやったのと同じ事件を起こす「次のコピーキャット」やさらに「次の次のコピーキャット」が登場する確率は、これまですでに複数の人間によって模倣されてきたタイプの事件を模倣するほど高くなる。真似をすればするほど自分の名前が長く世に語り継がれる可能性は高まる。殺人は非個性的であればあるほど被言及回数が増える。

コピーキャットたちはおそらく直感的、無意識的にそのことに気づいている。記号的にふるまえばふるまうほど自分を永遠化することができる。そういう自己顕示のメカニズムが犯罪の模倣と、被害者の記号化を導いている。

私たちはこのような事件に対してどう対応すればいいのか。このような事件の続発を予防する効果的な手だてはあるのか。

とりあえず有効な対案が一つある。それは事件についてできるだけ言及しないことである。

しかし、私はすでに事件について語ることでその禁忌を破っている。となると、残る仕事は一つしかない。それはシリアルキラーたち、コピーキャットたちの行動の動機のみすぼらしいほどの合理性にうんざりすることである。

彼らは少しも謎の人間などではない。彼らが犯罪的であるのはただ彼らが犯罪的なほど凡庸であるという点においてである。そのことを繰り返し私たちの共通の了解にすえることによって、私たちはこのような事件の再発についていくぶんか見通しを立てることができるだろう。

ことが人間の凡庸さから発している限り、私たちにはそれをマネージする方法を必ず探し出せるはずだからである。

（二〇〇八年　一一月二二日）

震災から一〇年

神戸の震災から一〇年が経った。

月日の経つのは早いものである。

本学でも震災一〇年の記念礼拝と「震災を語り継ぐ」というイベントが講堂で行われた。

私は震災の一証人として発言の機会を与えていただいた。

人間科学部の山本義和先生、震災当時の施設課長の中井哲男さん、学院チャプレンだった茂洋先生といった、震災復興事業を先頭で指揮された方々にまじって私のような当時着任したばかりの三下が何事かをご報告するのは出過ぎたことなのであるが、飯チャプレンのご指名であるから仕方がない。

はじめに山本先生が当時撮影された大学キャンパスの様子を収めたビデオを約三〇分にわたって拝見する。

震災の五日後から四月二七日の入学式までの大学キャンパスの様子がありありと記録されている。

その中に赤い野球帽をかぶって、震災のときにタンスで打ち付けた青あざを顔につくったまま、「せーの」とかけ声をあげて理学館の機材を押している私の姿も登場する。若いね。

山本先生の映像へのコメントは「頭も口もよく動くウチダ先生は、身体もよく動く人でした」というものであった。

最後の方には、受験生にチューリップを配る当時の合気道部員や有髪の渡部先生の姿などもちらりと見える。

山本先生の次に登壇して、震災当時の学内の様子について断片的な印象を語ることにする。

私の芦屋山手町のマンションは震災で半壊状態となった。

散乱したガラスを片づけたあと、繰り返す余震に脅えて、私とるんちゃんは山手小学校の体育館に避難することになった。

大学にはもちろん電話も繋がらず、私が考えたのは「たぶん、今日は休講だろう」ということだけだった（それくらいに震災の被害の実状は知られていなかったのである）。

翌日、私は愛車GB250を走らせて大学に行った。

途中、夙川のところでコーナーを曲がった瞬間に、道がなくなって貯水池に陥没しているところであやうくコケそうになったが、なんとか三〇分ほどで大学にたどりついた。そのとき大学に来ていた教職員はまだ十数名というところだったと思う。

私はとりあえず自分の研究室に行って、床に落ちたパソコンを拾い上げ、書棚からこぼれ落ちた本をもとに戻して、二時間ほどで掃除を終えた。

どうして掃除をしたかというと、「これでゼミができる」と思っていたからである（それくらいに震災で本学がこうむった被害の規模を私は見誤っていたのである）。

そのあと研究室を出て、学内を少し歩き出して、私は愕然とした。

そのとき、私の思考回路のある線が「ぷつん」と断線してしまった。

とりあえず私は崩落しかけたD館に入って、落ちているガラスの破片を拾った。

私はそれからあとの一月ほど、ほとんど風呂にも入らず、着の身着のままに近い状態で、「土方」をしていた。

この期間のことについては、ほとんど断片的な記憶しかない。この部分的記憶喪失は私なりの自己防衛だったように思う。たぶん私は「被害の全貌」を知ることを止めたのである。

もしあのとき私が震災によって本学が蒙《こうむ》った被害の全容を認識したら、おそらくその無力感で一歩も動けなくなっていただろう。

被害総額五〇億、復興に三年半かかる被害に比べると、ガラスの破片を拾うというような作業はほとんど「砂漠の砂の上に手で掬《すく》った水を注いで緑化しようとする」努力に等しい。

そのような作業に集中したり、何らかの達成感をもつことのできる人間はいない。だから、今思い出すと、あの復旧作業の間、山本先生や中井さんに率いられて学内で「土方」をしていた私たちは「ものすごく短期的で、ものすごく限定的な職務」だけに意識を集中させていた。

ある研究室のドアがあかないので、それを数人がかりであけるとか、二〇〇キロほどの機材が横転しているので、それを起こすとか、そういうアドホックな任務だけに意識を集中し、それが終わると「やあ、やったね」と肩をたたき合って、一服して、お互いの健闘をたたえ合った。

それがほとんど九牛の一毛というような微々たる水準の達成であることが私たちにはわかっていたはずだけれど、そのパーセンテージは忘れて、とりあえず目前の石ころを取り除くことに集中したのである。

そのときに、こんな場当たり的なことをやってもしかたがない、まず全体の被害状況を把握して、優先順位の高いところに人的資源を集中する方法を採ろうと主張した同僚がいた。

まことに正論であると私は思ったけれど、その意見に従う「土方」は一人もいなかった。

そんな相談のために会議を開く暇があったら、目の前の瓦礫を片づけることの方がなんとなく優先順位の高い仕事のように思えたからだ。

その同僚は「ばかばかしくてやってられるか」と憤然と立ち去ってしまった。

その通りである。

「ばかばかしくてやってられないこと」を私たちはやっていたのである。

それを誰かがやらなくては何も始まらない以上、誰かがやらなくてはならない。

同僚たちの中には「土方」仕事のために大学に来るのは大学教員としての契約業務内容に含まれていないからという理由で、大学休校期間を「休業」だと思っていた人もいた。

この人たちは正しい。

土木作業はおっしゃるとおり大学教員の業務内容には含まれていない。

この人たちは交通機関が回復し、大学の瓦礫が片づいた頃にきれいな服を着て教員の仕事をするために現れた。

そして、震災経験から私たちは何を学ぶべきかとか、震災で傷ついた人々の心をどうやって癒したらよいのか、というようなことを教授会でしゃべっていた。

立派なご意見だと思う。

けれど、私はこの方々の言うことをあまりまじめに聞く気にはなれなかった。それからあとの一〇年間ずっと、まじめに聞く気が起こらない。そういう点で私は狭量な人間である。


震災で私はいくつかのことを学んだ。

一つはこのような「マニュアルのない状況」においても、きわめて適切なふるまい方を無意識的にできる人がいるということである。

例えば、山本先生や中井さんや藤原さんや東松さんや山先生や野嵜先生や上野先生や渡部先生……といった方々は、「震災」という言葉を聞くとまずその顔が脳裏に浮かぶほどに復興の場で活躍された同僚であるが、「まずその顔が浮かぶ」ということは、そのとき大学に来て復興事業に携わった人々の中で、私が「ああ、ここに誰か来合わせてくれないかしら……」とまごまごしている局面に、不思議にこの方々が「たまたまその場に居合わせて手を貸してくれる」ということが高い確率で起きたということである。

こういうのはある種の身体的感覚のようなものだと思う。

ときには、全体を俯瞰し、最適解だけを選び続けるスマートネスを断念しないと身体が動かないという局面があること。

どこで、誰が自分を必要としているかを直感する力、頼れる人と頼りにならない人を識別する感受性がこういう状況ではたいへん高くなるということ。

そういったことを私は震災経験から学んだ。

こういうことを「震災経験を語り継ぐ」というようなタイトルでメディアがセッティングする言説環境ではあまり口にする人がいないようなので、ここに記しておくのである。

（二〇〇五年　一月一七日）

呪鎮のための装置の必要性

日経の連載で、どうして呪鎮の装置がなくても人々は「平気」でいられるのかという謎について書く。

先日、六本木ヒルズにいったとき、あまりの「瘴気《しょうき》」に頭がくらくらした。あれはたぶんあの場所に数千人からの人が蝟集《いしゅう》しているにもかかわらず、霊的なキャナライザーが装着されていないせいではないかと思う。

「六本木ヒルズ神社」とか「六本木ヒルズ寺」とかを森ビルは勧請《かんじょう》したのであろうか。

おそらくしていないであろう。

ビジネスタームで考えたら、一文の利益も生み出さない神社やら寺やらに坪数百万円というような土地を割くわけにはゆかない。そんなことをしたら株主総会で株主から会社に不利益を働いたとして「背任」容疑で告訴されかねない。

宗教から法外な利益をあげているビジネスマンたちがいる一方、ほんとうに宗教的な装置が必要なところにはビジネスは決して宗教のための支出を許容しない。

不思議な倒錯である。

だが、人間が住むところには霊的なキャナライザー、呪鎮のための装置は不可欠である。私はそう思っているし、そう思っている人は少なくないはずである。

釈徹宗先生から伺った話では、かつて千里ニュータウンが造成されたときに、その巨大団地に寺社が一つも含まれていないことに憤慨した一僧侶が、ときのデベロッパーである阪急電鉄の総帥、小林一三に「霊的呪鎮をしない土地に人をすまわせるとはどういう了見だ」と噛みついたことがあったそうである。小林一三はさすが大人物で、その僧に千里山の頂上の土地を提供するから「じゃあ、あんたがそこに寺を建てなさいよ」と言った。そのお寺の住職さんがいま二代目で、釈老師のご友人だそうである。

佳話である。

明治生まれの財界人にはそれくらいの見識が備わっていたということである。

しかし、当今のデベロッパーやゼネコンの諸君のうちに、人間が住むところには呪鎮の装置がなくてはすまされないということを真剣に考えている人間がはたして何人いるであろうか。そんなことを造成プランで提案したら、上司にしばき倒されるだろう。

「なに？　なんだって、ヤマダ？　住民の霊的セキュリティのために寺を建てたらどうかって？　バカ抜かすんじゃないよ。そんなに心配なら、お前自分で土地買って、そこに寺建てろ」と言われて、次の勤務考課はかなりの低評価に甘んじなければなるまい。

しかし、まことに不思議なことは、こんなふうに部下のヤマダの霊的配慮を一蹴するスズキ課長自身は自民党支持者で、靖国神社の首相の公式参拝に賛成だったりするのである。

「英霊の魂を鎮めるためには中国との断交も辞さず」というような大言壮語を酔余の勢いで口走るスズキ課長は、自分が「霊は正しく鎮めなければならない」という部下ヤマダの提言をさきほど鼻先で笑ったことをころりと忘れている。もちろん彼は自分の家の近くに寺社が一つもないことをいささかも苦にもしていないし、かりに神社仏閣があっても、早起きしてそこの庭掃除をするでもないし、祭りの日に仕事を休んで神輿を担ぐわけでもない。スズキ課長のような人々にとって「霊」の問題は純粋に政治とビジネスの問題であり、彼自身の実存にかかわる問いとして意識にのぼることは決してないのである。

（二〇〇六年 一一月一日）

心霊的読書

連休が近づいているので、なんとなく気分がうきうきする。

別にどこにでかけるというわけでもないが、家の掃除をしたり、ふとんを干したり、夏物冬物整理をしたり、「主夫」的労働に時間を割くことができるのがありがたい。

午前中のやわらかい光を浴びて、モーツァルトを聴きながら、家事労働をしているときが私にとって至福の時間なのであるが、ひさしくそういう愉悦が与えられていない。

ゲラの山は二つ片付いたけれど、まだ残りが三つ。とりあえず『現代霊性論』から始める。

読み出すと、いろいろ霊の問題に興味がわいてきて、調べ物を始めてしまう。

鎌田東二さんの『呪殺・魔境論』を読む。

呪いと魔境というのは霊性論でも取り上げるトピックであるが、この問題に科学的にアプローチするのはなかなかむずかしい。

鎌田さんは滝行をしているときに二度「幽体離脱=脱魂」を経験したことがあるそうである。

等々力不動における脱魂経験について、鎌田さんはこう書いている。

ある夜、滝場で、岩と水から発せられる凄まじいエネルギーの圧力に襲われ、その衝撃で吹き飛ばされそうになった。その直後、滝場を出ると、奇妙なことに意識の座が自己の内にではなく、外にあった。しかもきわめて具体的で、右頭上五十センチばかりの中空にあるのが自覚できた。しかし、心身はとんでもなく不安定で、落ち着かず、自分が調子の悪い機械仕掛けのロボットのように思えるのである。自分で自分を遠隔操作しているという感じで、大変不快で、ギクシャクしてすべての動作がおぼつかない。そのうち、このまま意識の座が中空にあり続けたら気が変になってしまうとか、何者かに乗っ取られるのではないかという不安が込み上げてくる。

(『呪殺・魔境論』集英社、二〇〇四年、一七七―八頁)

さいわい短い眠りの後に、意識はちゃんと自己の内側に戻ったそうである。

その鎌田東二さんから先日お手紙をいただいた。

京大でやっている研究会に連携研究員として参加して欲しいという要請である。もちろん、よろこんで入れてもらいますとご返事をした。

私自身は幽体離脱とかクンダリニー覚醒とか空中浮遊とか、そういうスペクタキュラーな経験はないけれど、そういうことを「経験した」と言う人については、その人が信じられる人であれば信じることにしている。コンテンツではなくて、語る人間のクオリティを基準にしていればこういうトピックでも困ることはない。

以前に、多田宏先生とヨガの成瀬雅春さんの対談があった。

フロアから成瀬さんの空中浮揚について質問があり、そのときに成瀬さんは「あれは浮くのは簡単なんだけれど、降りるのがむずかしい」と答えて、大受けしていた。

終わった後に、多田先生と五反田駅に向かって歩きながら、「成瀬さん、ほんとに空中浮揚するんですかね」とお訊ねしたら、先生は笑って「本人がそう言うんだから、浮くんだろう」と答えられた。

私はこの骨法を師から学んだのである。

続いてコナン・ドイルの『心霊学』を読む。

サー・アーサー・コナン・ドイルは人も知るスピリチュアリズムの研究者で、シャーロック・ホームズで稼いだ印税を「スピリチュアリズムの伝道」に投じた人である。

私はホームズの推理術というのは、実は「霊能力」によるものではないかと考えている（京極夏彦の発明にかかる名探偵榎木津礼二郎と同じ）。

ホームズのモデルになったのはコナン・ドイルのエディンバラ大学医学部時代の恩師であるジョーゼフ・ベルという人で、この先生は患者が診察室のドアをあけて入ってきたのを一瞥しただけで、出身地や職業や来院の目的である疾病をずばりと言い当てたそうである。ホームズが初対面のクライアントに「アフガニスタンで負傷されましたね」というようなことを言って驚かすのと同じである。

ホームズの場合はそのあとにワトソン君相手に「種明かし」をするが、あれも実は適当に言いつくろっているだけで、ほんとうはどうしてわかったのかホームズ自身もよくわかっていないのである。

村上春樹も軽いトランス状態に入ると、初対面の人の職業や家族構成くらいならわかると、どこかのエッセイに書いていた（だから、その程度のことを「霊能力」とか大仰に言う人を嫌うのである）。

実際に彼の書く作品の中には、「一見しただけでは職業がわからない人」のエピソードが何度か出てくる（「綱渡り芸人」とか、ありましたね）。これはおそらく村上春樹自身にとって「あれ、この人、何やっている人だかわからないぞ……」という診断がつかない事例の方がむしろ例外的な経験であって、だからそれが印象に残っていると考えたい。

「一見しただけでは、職業がわからない人」が村上春樹にとっては「フックする」事象なのである。それくらいに、「一見したらわかる」ということが日常的であるということの方に私は興味がある。

こういう能力のある人は、自然に「探偵物語」に心惹かれるはずである。だから、村上春樹も遠からずおそるべき炯眼《けいがん》の私立探偵を主人公にした長編推理小説を書くのではないかと私は思っているのである（読みたいですね）。

というふうに観念奔逸してしまうので、ゲラの仕事はぜんぜん進まないのである。

（二〇〇八年　四月二七日）

アメリカの呪い

合気道のお稽古のあと、東京新聞の取材。お題は「イラク派兵の総括」である。イラク派兵の政治的総括について、私に新聞紙上で申し上げるほどの識見があるとは思われないのであるが、先方が「お訊きしたい」というのに「いやです」というのも大人げないので、コーヒーを飲みながらあれこれ駄弁を弄する。

『街場のアメリカ論』でも『9条どうでしょう』でもくり返し書いていることだが、日本の世界戦略は「日米同盟を強化することを通じてアメリカから離脱する」というトリッキーな構造をもっている。

日本がアメリカの軍事的従属国という屈辱的地位から抜け出す方法を「リアリスト」の政治家たちはひとつしか思いつかない。それはアメリカに徹底的に臣従することによって、アメリカからの信頼を獲得し、「では日本は自立してよろしい」というお許しを頂くという「暖簾《のれん》分け」ポリティクスである。

「従属することを通じて自立を果たす」というこの戦略が他の国々からどれほど没論理的なものに見えるか、これらの「リアリスト」たちはたぶんまったく理解していない。

先年、日本の国連安保理常任理事国入りに世界のほとんどの国が冷淡な対応をした。そのときに挙げられた理由は「日本を常任理事国にしても、単にアメリカの票が一つ増えるだけだから」というものであった。それに対して「いや、それは違う。日本はアメリカに対しても反対すべきときは反対する」と言って、「例えば」と説得力のある事例を挙げることのできた外交官はどうもおられなかったようである。少なくとも私は日本がアメリカの政略に反対して、国際社会から「日本もやるじゃないか」と見直された事例を知らない。

「アメリカに従属する」ことを唯一の外交戦略だと信じているような国を「一人前」の国として遇するような国は存在しないという平明な事実を痛苦に受け止めている政治家も外交官も存在しないということが「日本が一人前の国ではない」ことの紛うかたなき証拠であると私は思う。

しかし、現実がこうである以上、「誰の責任だ」と言っても始まらない。どうして「こんなふう」になってしまったのか。これからどうなるのかを語らねばならない。

私が見るところ、直接の原因はアメリカの（具体的にはマッカーサー元帥の）かけた「呪い」である。

マッカーサー元帥は戦艦ミズーリでの連合国への降伏文書調印の十日後、九月一二日の記者会見で「日本はこの戦争の結果、四等国に転落した、日本が再び世界的強国として登場することは不可能である」と断言した。これは五一年に上院軍事外交委員会で述べた日本人の精神年齢は「一二歳」という評言とともに、日本人の深層にトラウマ的ストレスとして刻み込まれた言葉である。

この「四等国」と「一二歳」の呪いは私たちが思っている以上に深い。そして、日本人はこの「目に見える呪い」のほかにもうひとつ「目に見えない呪い」をこのときにかけられた。この「目に見えない呪い」の方がおそらく政治的にははるかに重要なものだ。それは「呪いはそれをかけた者によってしか解除できない」という呪いである。アメリカによってかけられた呪いはアメリカによってしか解除できない。私たちはそう信じている。「日本はもう四等国ではない。日本は世界の一等国である」「日本はもう一二歳ではない。日本は国際社会の成熟したフルメンバーである」という宣言をアメリカに下してもらうことによってしか、アメリカによってかけられた呪縛は解けない。

日本人はそう信じてしまった。

「従属を通じて自由になる」というすぐれて日本的なソリューションはこの呪縛が生み出したものである。このねじくれた理路はおそらく日本人以外には理解できないだろう。五〇～六〇年代の左翼主導の民族解放＝反米闘争が挫折した原因の一つは、その闘争において、日本の左翼の人々が「アメリカによってかけられた呪いは、アメリカと同じくらいの呪詛力をもつ魔術師（具体的にはソ連または中国）の手で解除してもらうことができる」という同型的な思考を繰りかえしていたせいである。その点では、親米派も反米派も変わらない。

「対米依存を通じてしかアメリカからの自立は果たせない」という理路はきわめて理解に困難なものであるけれど、私たちが「強力な呪能者によってしかこの呪いは解けない」と信じ込まされているということを知れば、諸外国の方々にもご理解頂けるであろう。

むろん、これまでも「呪いの自己解除」の試みがなかったわけではない。

六〇年代の「新左翼」の思想はその萌芽だったし、八〇年代の経済力による「アメリカ侵略」もそうだったし、ある種のナショナリストが夢見る「自主核武装」もその流れに連なるものだ。もし、学生時代に全共闘で、そのあとトヨタに入社して、今、自主核武装論を好ましく思っている中年男がいたら、「呪いの自己解除」を求める日本人の一典型と見なしてよろしいであろう。

安倍内閣が主導した改憲運動の狙いは、九条二項を廃することだが、その直接の目的はアメリカの海外派兵に自衛隊を差し出すことである。戦後六〇年間、これほどアメリカに尽くしてきたのにまだ「自立」を認められないのは、「アメリカのために日本人が死んで見せないからだ」と思い込んだ政治家たちの結論である。私はこの思いをある意味で「可憐」だと思う。

けれども、気の毒だけれど、そんな切ない心情をアメリカの戦略立案者はまったく考慮しないであろう。日本人兵士がいくら死んで見せてもアメリカは日本にかけた「呪い」を解く気はない。

だって、先方にははなから呪いなんかかけた気がないんだから。かけてもいない呪いをどうやって解除したらよいのか。

アメリカの対日政策は首尾一貫している。戦勝後、圧倒的な軍事力の差を見せつけて、「原爆の脅威」の下で統治理念そのものを変えた。憲法九条二項は誰が見ても、日本を軍事的に無害化するための制度である。アメリカにとって日本はヴェルサイユ条約以来の仮想敵国である。二度とアメリカと戦争する気がなくなるまで、徹底的に叩くというのは合理的な判断である。その後、朝鮮戦争が起きる。日本の旧ミリタリストたちは「反共」の旗印を掲げて、アメリカにすり寄ってきた。それでは、日本を国際共産主義運動との戦いの最前線基地として有効利用しようということで、自衛隊の創設が指示された。自衛隊は日本を軍事的に有用化するための制度である。

アメリカは日本をまず無害化し、軍事的な危険がなくなったと知って、これを有効利用することにした。それだけの話である。九条と自衛隊の間には何の矛盾もない。どちらもアメリカの国益を最大化させるために採用された政略である。

別にややこしい呪いなんかかけていない。きわめてビジネスライクかつ率直に、アメリカの国益に資するようなふるまいを日本に要求し続けているだけである。別に丑の刻に貴船神社に行って呪殺行をしてわが国の生命力の枯渇を祈ったわけではない。きわめてオープンに、合理的な施策を通じて自国の国益を追求しているだけの話である。

「アメリカは日本人に呪いをかけた」と思っているのは世界中で日本人だけである。だから、日本のアメリカに対する不思議な国家行動は、諸外国の人々の眼からはほとんど意味不明に見えるのである。

日本人は必死にアメリカに忠誠を尽くしている。他国から見ると、しばしば自国の国益よりもアメリカの国益を優先的に配慮しているように見えるであろう。そして、強国に媚びる属国が、卑屈になることの代償に何か「いい思い」をしようとしている様子に見えることだろう。

それは違うと私たちがいくら言ってみても、たぶん通じない。

世界中から理解されないまま、それでも日本人はこれからもアメリカに尽くし続けるだろう。そして最後には「ここまで尽くしてもなお信じてくれないなら、こうなったら日本はアメリカのために滅びてみせましょう」というシアトリカルなエンディングを迎えることになるのだろう。日本人は「こういうの」がたいへん好きだから。

改憲運動に伏流する情緒は「心中立て」である。

アメリカの牛肉輸入再開の報道を読んで、そう思った。

合理的に考えると、これはありえない政策決定である。だって、平たく言えば、これは米国の食肉カルテルの利益確保のために日本人の命を差し出すことなんだから。

これを説明できるロジックを私はひとつしか思いつかない。

日本人はアメリカ産の牛肉を食べて死にたいのである。アメリカ産の牛肉を食べて、悶絶しながら死んで見せて、「これほどまであなたを信じていたんです……」と血を吐きながら絶命したいのである。

もちろんそのまま死ぬわけではない。当然ながら、それからおもむろに「化けて出る」のである。

日本人が心の底から欲望しているのは一度は「アメリカに心中立て」して死んでみせ、そのあと亡霊となって蘇り、アメリカを呪い殺すことだからである。

これはほんとうである。

呪われた人間は「呪いを解いて下さい」と泣訴する。そんなこと言われてもアメリカの方には呪いなんかかけた覚えはないんだから相手にしない。そんなふうにして長い歳月が経過した。

日本人の方は呪いの解除のために譲歩を重ねているうちに、次第に「呪いをかけたアメリカ」（かけてないんだけど）に対する鎮めがたい憎しみにとらわれてゆく……。

というような話をする。どうやったら社会面の記事にすることができるのか、ひとごとなから心配である。

（二〇〇六年　七月二日）

全共闘運動は日本をどう変えたか？

ひさしぶりの休日だと思っていたら、「今日が締め切りなんですけど……」というメールが来た。

忘れていた。

お題は「全共闘運動は日本をどう変えたのか？」

全共闘運動は日本をどう変えたのであろうか。

興味深い論件である。しかし、興味深いなどと言っている余裕はない。

昼から合気道の稽古で、そのあと関川夏央さんとご飯を食べる予定なので、朝のうちに書き上げないといけない。少し前に大学院の「日本辺境論」で世代論を論じたことがあり、そのときに「六〇年安保世代」と「七〇年安保世代」の違いは奈辺に由来するかということを話したので、そのネタを書く。

六〇年安保のときに運動を指導したのは当時二〇代後半から三〇代はじめ。つまり、一九三〇年から三五年生まれというあたりである。

敗戦のときに一〇歳から一五歳。

国民学校で「撃ちてし止まむ」と教えられ、本土決戦に備えて竹槍の訓練をした少年たちは八月一五日に「戦わない大人たち」を見て愕然とした。彼らに軍国教育を施していた大人たちが一夜明けたら「民主ニッポン」の旗をにぎやかに振り始めたからである。

あの……最後の一兵まで戦うんじゃなかったんですか。

「勝たずば断じて已むべからず」「生きて虜囚の辱を受けず」と起草した夫子ご本人が負けて「虜囚」の獄中にあるというのはどういうことなんでしょうか。

誰か説明してくれませんか。

誰も説明してくれなかった。

この「一夜にして大日本帝国の旗を下ろした先行世代」に対する憎しみと戦わなかったおのれに対する恥の意識が六〇年安保闘争の底流にあると私は思う。

六〇年安保は反米ナショナリズムの闘争であるが、それは一五年前に完遂されるべきだった「本土決戦」を幻想的なかたちで再演したものである。違うのは、その標的が今度はアメリカそのものではなく、「アメリカに迎合して矛を収めた日本人」たちに――具体的には、戦前は満州国経営に辣腕を揮い、東条内閣の商工大臣の職にありA級戦犯として逮捕されながら、アメリカの反共戦略に乗じて総理大臣になった岸信介に――向けられていたことである。

七〇年安保世代はそれより一〇年後であるから、運動に参加した人々はおおよそ一九四五年から五〇年生まれに当たる。

この世代は戦中の飢えの経験も、教科書に墨を塗った経験もない。大人たちに「騙された」という被害者意識もない。小学校のときから「戦後民主主義」の揺籃《ようらん》のうちで、教師たちから「日本の未来は君たちのものだ」と言い聞かされて、気前のよい権限委譲の中で生きてきた世代である。

科学主義と民主主義をこの世代は胸一杯に吸って育った。その世代がどうして「肉体」と「情念」と「怨恨」の政治思想にあれほど簡単に感染してしまったのか。

この理路をご理解いただくのは、少しむずかしい。

一九六〇年代末から七〇年代はじめにかけて、小劇場でもっとも好まれた主題は（今の人には想像もできないだろうが）「満州」と「天皇」であった。

これはほんとうである。状況劇場でも演劇センターでも曲馬館でも、どこでも「満州」と「天皇」の芝居がかかっていた。そこで私は「一九四五年が過ぎてもまだ戦争が終わっていない日本」というSF的想定の物語を何度も見せられた。当時三〇代だった劇作家たちが別に示し合わせてそんな物語を書いていたとは思わない。おそらく「抑圧されたもの」が症状として回帰したのだろう。

養老孟司先生は東大闘争のとき、御殿下グラウンドに林立した数百本の「竹槍」を見て、戦争末期の「本土決戦」を思い出したそうである。養老先生の直感はただしく事態の本質を見抜いていたというべきであろう。

全共闘運動は「完遂されなかった対米戦争」の二度目の幻想的なヴァージョンだったのである。

全共闘運動は政治的に何らかのプログラムがあったわけではない。マルクス主義を掲げてはいたが、その運動は「科学的社会主義」とは無縁であった。私の知る限り、その運動の中で「論理的実証性」や「推論の適切さ」が配慮されたことはない。そこに横溢していたのは「やるっきゃねえ」とか「おとしまえをつける」とか「断固たる決意性」とか「中核魂」とか、ほとんど戦争末期的なワーディングであった。

全共闘政治の装飾的記号はなによりも「旗」であった。どのような小集団もまず自分たちの旗を作り、ヘルメットのカラーリングを考えた。旗は闘争用の武器としては実効性がほとんどないが（重いだけである）、学生たちはそれを「軍旗」のように誇らしげに掲げた。

戦旗派、叛旗派といった党派名称そのものにも「旗」が入っていたし、戦旗派はデモのときに「一人一旗」という大胆なパフォーマンスを試みてオーディエンスを喜ばせたことがある。

全共闘の学生たちが熱狂的に支持した東映の任俠映画の鶴田浩二は元海軍航空隊で「特攻隊の生き残り」という名乗りをアイデンティティにしていたし、池部良は陸軍中尉で南方戦線の生き残りである。自分たちより二〇歳以上年長のこれらの任俠俳優たちの軍歴からしみ出す「たたずまい」に当時の学生たちはそれと知らずに震撼させられたのである。

何より全共闘運動は、ベトナム反戦運動をきっかけに拡がった。

ベトナムではアメリカが世界最高の軍事テクノロジーを駆使して、ほとんど「竹槍」レベルの武器で反抗する農民たちを爆殺し、焼殺していた。その一方、私たちはアメリカの後方支援基地として、「ベトナム特需」に湧いていた。

間違いなくベトナムの農民たちはその三〇年前に私たち日本人が試みようとしなかった「本土決戦」を戦っていたのである。それも四五年当時よりさらに強大になったアメリカ軍を相手に、当時の大日本帝国陸海軍の戦力よりさらに貧しい軍備を以て。

ベトナム戦争のときの日本人の支配的な心情を一言で言えば「疚《やま》しさ」である。

私たちは戦わなかった。けれども、ベトナムの人々は戦っている。それどころか、私たちはベトナムの農民を殺すためのこの戦争から経済的利益を得ている。この現実から恥辱と疚しさ以外の感情を引き出すことのできた日本人はきわめて少数であったろう。

しかし、その当時、今私が書いているような言葉づかいでベトナム戦争に対する日本人の「疚しさ」の本質をとらえて分析した人はいなかった。少なくとも私は読んだ記憶がない。

「疚しさ」という言葉はたしかにリベラルなメディアでも繰り返し口にされた。けれども、それは「インドシナ半島における侵略戦争に加担すること」についての「政治的に正しい疚しさ」であって、「日本列島における本土決戦を戦わなかったこと」についての「政治的に正しくない疚しさ」ではなかった。

しかし、あれから四〇年経ってわかったことの一つは、私たちが恥じていたのは、ナパーム弾で焼かれるのが自分たちではないことについてだったのである。焼かれるべきなのは日本人ではないのか、私たちはそう考えていたのである。

その意味で、新左翼の運動は何か「よいこと」を作り出すための政治運動であるというよりは、ほとんど観念的な自己処罰の企てであった。

全共闘運動は、吉本隆明の転向論の用語を借りて言えば、「日本封建制の優性遺伝因子」の甦りと見立てることでいくぶんか説明できるだろうと私は思っている。

戦前の共産党幹部たちの獄中転向を分析した『転向論』の中で、吉本はそれを「わが後進インテリゲンチャ」が西欧の政治思想や知識にとびつき、「日本的小情況を侮り、モデルニスムスぶっている」ときに、彼らが「侮りつくし、離脱したとしんじた日本的な小情況から、ふたたび足をすくわれた」ことと解釈した。

それから四半世紀経って、戦後日本が「侮りつくし、そこから離脱したと信じた日本的小情況」が、西欧の政治思想や哲学をたのしげに歌う戦後知識人たちの「足をすくう」ために戻ってきた。そのようなものとして全共闘運動は思想史的に位置づけることが可能だろうと思う。

全共闘運動は日本人にもう一度敗戦のときに忘れ去った「疚しさ」を思い出させるために、本土決戦を忌避した惰弱な日本人たちに「罰を与える」ために登場した。それは何かを創造するためのものではなかった。だから、それは破壊すべきものを破壊し終えたと同時に消えたのである。

それから四〇年近くが経った。六〇年安保闘争や全共闘運動に類する政治的運動がこの後もう一度起こるかどうか、私にはわからない。ネット右翼の出現や、「ロスト・ジェネレーション」の謳う「戦争待望論」はあるいはそのような「日本的小情況」の三度目の甦りの予兆なのかもしれない。「強欲な老人たち」と「収奪される若者たち」という世代間対立図式は二次にわたる安保闘争のときに採用された図式に似ていなくもないからだ。

しかし、この若者たちの世代は、彼らの自己造形のロールモデルとして参照すべき、生身の身体を備えた「日本封建制の優性遺伝因子」をもうどこにも見つけることができない。

たしかに、力業を以てすれば、記号的に「あるべき日本人」を表象することはできるかもしれない。だが、それが身体を欠如させている限り、政治的な指南力を持つことはないだろう。

というような話までは原稿では書き切れなかったので、ここに記すのである。

（二〇〇八年　七月六日）

モラルハザードの構造

興味深い記事を見た。

ＮＨＫ記者ら三人がインサイダー情報による株取引容疑で取り調べを受けているという話である。

この三人は報道局のテレビニュース制作部記者、岐阜放送局の記者、水戸放送局のディレクター。三人の間に連絡を取り合った形跡はない。それはつまり、このインサイダー取引が「自然発生的・同時多発的」にＮＨＫ内で行われたということである。

ということは、「このようなこと」が当該組織内ではごく日常的に行われていた蓋然性が高い。

不正利用されたのは、ある牛丼チェーンが回転ずしチェーンを合併するというものであった。三人はニュースの放送前にこれを知り、うち二人は「放送までの二二分の間に専用端末で原稿を読み」、回転ずしチェーンの株を購入。株価は一日で一七二〇円から一七七四円に上がり、三人は翌日売り抜けて一〇～四〇万円の利益を得ていた。

この金額の「少なさ」が私にはこの不祥事の「日常性」をむしろ雄弁に物語っている

ように思われた。

もし、このインサイダー取引で一億とか二億とか儲けたという話なら、一サラリーマンが千載一遇の機会に遭遇して、ふと魔が差して、してはならないことに手を染めた……という解釈も成り立つが、ＮＨＫの職員がまさか一〇万やそこらで「人生を棒に振る」ようなリスクは冒すまい。ということは、彼らにとってこれはごく日常的な「小遣い稼ぎ」であって、「リスクを冒している」という感覚がなかったことを意味している。

ニュース原稿は放送前に約五〇〇〇人のＮＨＫ職員が閲覧するそうである。近年のＮＨＫの不祥事の質を徴する限り、「こういうこと」をしているのが五〇〇〇人のうちの三人だけであり、かつ今回だけであると信じる人はたぶん日本国民のうちに一人もいないだろう。

私はとくにＮＨＫ職員のモラルが世間一般のそれより低いとは考えていない。たぶん彼らの非常識と非倫理性は「世間並み」であろうと思う。だから、この事件は現代日本社会に瀰漫《びまん》しているモラルハザードの構造を理解する格好の手がかりになるはずである。

この三人は取り調べを受けたときに、「え？　どうして、こんなことで事情聴取されなきゃいけないの……」と不満顔をしただろうと思う。いったい自分たちはどんな悪事をはたらいたというのか、彼らにはぴんと来なかったに違いない。

企業活動の変化を市場に先んじて察知した投資家が短期間に莫大な利益を得るという

のは合法的な経済活動である。「どうやって知ったか」というようなことは副次的なことではないか、と。彼らはそう考えたはずである。

だいたい「インサイダー」というのは、「インサイドにいることでアウトサイドの人間には手が出せない種類の利益を得ることのできる人間」という意味じゃないの、と。だから、みんな「インサイダー」になりたがるんでしょ、と。

たぶんそうだと思う。

私が興味をもつのは、この「インサイダーはアウトサイダーとの情報差を利用して金儲けをしてはいけない」という「常識」がたぶん彼らにはまるで身体化されていなかったということである。

彼らは「フェア」ということの意味を根本的に誤解しているのだと思う。

おそらく、彼らは子どもの頃から一生懸命勉強して、よい学校を出て、むずかしい入社試験を受けてＮＨＫに採用された。その過程で彼らは自分たちは「人に倍する努力」をしてきたと考えた。だから、当然その努力に対して「人に倍する報酬」が保障されて然るべきだと考える。

合理的だ。

だが、「努力と成果は相関すべきである」というこの「合理的な」考え方がモラルハザードの根本原因であるという事実について私たちはもう少し警戒心を持った方がよいのではないか。

前にも書いたことだけれど、当代の「格差社会論」の基調は「努力に見合う成果」を要求するものである。

これは一見すると合理的な主張である。

けれども、「自分の努力と能力にふさわしい報酬を遅滞なく獲得すること」が一〇〇％正義であると主張する人々は、それと同時に「自分よりも努力もしていないし能力も劣る人間は、その怠慢と無能力にふさわしい社会的低位に格付けされるべきである」ということにも同意署名していることを忘れてはならない。おそらく、彼らは「勝ったものが獲得し、負けたものが失う」ことが「フェアネス」だと思っているのだろう。

しかし、それはあまりにも幼く、視野狭窄的な考え方である。

人間社会というのは実際には「そういうふう」にはできていないからである。

集団は「オーバーアチーブする人間」が「アンダーアチーブする人間」を支援し扶助することで成立している。これを「ノブレス・オブリージュ」などと言ってしまうと話が簡単になってしまうが、もっと複雑なのである。

「オーバーアチーブする人間」が「アンダーアチーブする人間」を支援するのは、慈善が強者・富者の義務だからではない。

弱者とは「自分自身」だからである。

「あなたの隣人をあなた自身のように愛しなさい」というのは『マタイ伝』二二章三九節の有名な聖句である。

それは「あなたの隣人」は「あなた自身」だからである。

私たちは誰であれかつて幼児であり、いずれ老人となる。いつかは病を患い、傷つき、高い確率で身体や精神に障害を負う。

「合理的」な能力主義者は、そのような比較劣位にある人間はそれにふさわしい社会的低位に格付けされねばならないと考える。彼らがかりにその努力や能力にふさわしからぬ、過剰な資源配分を受けていたのだとしたら、それを剝奪して、オーバーアチーブしている人間に傾斜配分すべきであり、それこそがフェアネスだと考える。

でも、そういうふうに考えることができるのは、彼らは自分がアンダーアチーブメントの状態になる可能性を（つまり自分がかつて他者の支援なしには栄養をとることもできなかった幼児であった事実を、いずれ他者の介護なしには身動きもできなくなる老人になる可能性を）勘定に入れ忘れているからである。

モラルハザードというのは「マルチ商法」に似ている。

自分はつねに「騙す側の人間」であり、決して「騙される側の人間」にはならないという前提に立てば、マルチ商法は合理的である。騙される側の人間が無限に存在するという前提に立てばこの推論は正しい。

しかし、残念ながら、地球上に人間は無限にはいない。どこかで地球上の全員が「騙す側の人間」になるというのがマルチ商法が禁忌とされる本来の理由である。

今回のようなモラルハザードは「ルールを愚直に守る人間たちが多数派である場所では、ルールを破る少数派は利益を得ることができる」という経験知に基づいている。だから、ルール違反をした本人は彼以外の人々はできれば全員が「ルールを遵守すること」を望んでいる。そうであればあるほど利益が大きいからである。

高速道路で渋滞しているときに、ルール違反をして路肩を走っているドライバーは「自分のようにふるまうドライバー」ができるだけいないことを切望する。それと同じことである。

しかし、この事実こそがモラルハザードの存在論的陥穽《かんせい》なのである。「自分のような人間」がこの世に存在しないことから利益を得ている人は、いずれ「自分のような人間」がこの世からひとりもいなくなることを願うようになるからである。その願いはやがて「彼自身の消滅を求める呪い」となって彼自身に返ってくる。

何度も申し上げていることであるが、もう一度言う。

道徳律というのはわかりやすいものである。

それは世の中が「自分のような人間」ばかりであっても、愉快に暮らしていけるような人間になるということに尽くされる。それが自分に祝福を贈るということである。

世の中が「自分のような人間」ばかりであったらたいへん住みにくくなるというタイプの人間は自分自身に呪いをかけているのである。

この世にはさまざまな種類の呪いがあるけれど、自分で自分にかけた呪いは誰にも解除することができない。

そのことを私たちは忘れがちなので、ここに大書するのである。

(二〇〇八年一月一九日)

第三章

——正気と狂気のあいだ

霊的感受性の復権

人を見る目

山形浩生さんが少し前にノーベル賞について、「ノーベル賞受賞者数を政策目標に使うような発想は、ぼくはゆがんでいると思う」と書いている。

それは、自分では評価できませんという無能ぶりを告白しているに等しい。だからぼくは日本に必要なのは、ノーベル賞受賞者そのものより、研究や業績を王立科学アカデミー並みの見識と主張をもって評価できる人や組織の育成じゃないかと思うのだ。日本でも、何かノーベル賞に比肩するような世界的な賞を作ってみてはどうだろうか？（中略）もちろん……おそらく無理だろう。日本ではそんな賞はすべて地位と経歴と学閥内の力関係で決まり、下馬評は事前にただ漏れとなり、受賞目当てのロビイングが横行、結果としてだれも見向きもしないつまらない賞になりはてるだろう。それが日本の問題なのだ。

（「論点」毎日新聞、二〇〇八年一〇月三一日）

山形さんの言うとおりだと私も思う。

私たちの社会のたいへん深刻な問題のひとつは「人を見る目」を私たちが失ってしまったということである。

誰にでも見えるものなら「人を見る目がある」とか「ない」とかいうことは言われない。ごく例外的に見識の高い人にだけ「見えて」、そうではない人には「見えない」からこそ、「人を見る目」という熟語が存在するのである。

というのは「人を見る目」というのは、その人が「これまでにしたこと」に基づいて下される評価の精密さのことではなく、その人が「これからするかもしれない仕事」についての評価の蓋然性のことだからである。

「この人はもっさりしているが、いつか大きな仕事をするに違いない」、「この人はずいぶん羽振りのいい様子をしているが、そのうちに大失敗するに違いない」、「この人はずいぶん恭順な様子をしているが、そのうち私の寝首を掻く気でいるのであるな」などど、「まだ起きていないこと」についての予測の確かさのことをもって「人を見る目」と称するのである。

だから、「人を見る目がある人」には「見える」ものが「人を見る目がない人」には見えない。それゆえ、「目のある人」には見えるものが自分に見えない場合には「不明を恥じる」と言って、肩身の狭い思いをしたのである。

しかるに、この風儀はアメリカン・グローバリズム（というのは「ローカルな普遍性」と同じく形容矛盾だが）の到来とともに消失した。グローバリズムというのは、「誰にでもわかるもの」を基準にして、すべての価値を考量することだからである。「わかる人にはわかるが、わからない人にはわからない」ようなものは、グローバリズムの風土では存在しないし、存在してはならない。だから、そのようなものを感知する能力をいくら高めても、社会的能力としては評価されない。であれば、そのような能力の開発にリソースを注ぐ人間はいなくなるのが道理である。その結果、私たちの社会では、家庭でも学校でも企業内でも、「人を見る目」の涵養プログラムには指一本動かさなくなった。

あらゆる場合に、私たちは判断の当否について客観的根拠（言い換えれば「数値」）を要求される。数値をもって示すことのできない「知」は知としては認知されない。

Evidence based という考え方それ自体はむろん悪いことではない。けれども、evidenceで基礎づけられないものは「存在しない」と信じ込むのは典型的な無知のかたちである。というのは、私たちが「客観的根拠」として提示しうるのは、私たちの「手持ちの度量衡」で考量しうるものだけであり、私たちの「手持ちの度量衡」は科学と技術のそのつどの「限界」によって規定されているからである。

顕微鏡の倍率が低かった時代には、顕微鏡で見えない病原体が存在すると考えている人は誰もいなかった。

福岡伸一先生の『生物と無生物のあいだ』を読むと、細菌よりはるかに微小な病原体が存在することを発見したのはディミトリ・イワノフスキーであると書いてある。

彼は陶板を使って、当時の顕微鏡の解像度では見ることができない感染粒子が存在することを「証明」した。一九世紀末の話である。ただし、イワノフスキーの証明は「何かが存在すること」を実定的に証明したわけではない（だって当時の科学技術の枠内ではウイルスは「見えない」んだから）。彼は「見えないもの」が存在すると仮定しないと、「話のつじつまが合わない」ということを証明したのである。

このような態度を「科学的」と呼ぶのだろうと私は思う。そこに「何か、私たちの手持ちの度量衡では考量できないもの」が存在すると想定しないと、「話のつじつまが合わない」場合には、「そういうものがある」と推論する。「存在する」と想定した方が話のつじつまが合うものについては、それを仮説的に想定して、いずれ「話のつじつまが次に合わなくなるまで」使い続ける、というのが自然科学のルールである。

そうやって分子も、原子も、電子も、素粒子も、「発見」されてきた。

ところが、いま私たちに取り憑いている「数値主義」という病態では「私たちの手持ちの度量衡で考量できないもの」は「存在しないもの」とみなさなければならない。

同じように、私たちの現在の自然科学では、「未来はわからない」ということになっている。だから、「人がなしたこと」についての評価は可能だが、「人がこれからなすこと」についての評価は不可能であるということになっている。

しかし、「人がこれからなすこと」については現に高い確率でそれを言い当てている人が存在する。「人を見る目がある人」というのは、まさにそのような人のことである。そういう人が現に存在し、その能力により、災厄を未然に防ぎ、リソースの重点配分に成功しているなら、どうしてそういうことができるのかをまじめに問うべきではないのか。なぜ、ある種の人は時間を「フライング」することができるのかを問うべきではないのか。

先日、ある新聞に宗教について書いた。その中で「『超能力』や『霊能力』のようなものは現に存在する」と書いたら、科学部の編集委員からたちまちクレームがついた。「と思う」を付け加えろという。

ふだんなら、「あ、いいすよ」と気楽に応じるのであるが、このときはなにか「かちん」と来たので、断った。「と思う」を入れろというのなら、原稿はボツにしてくれと申し上げた。

別に私はその新聞の社説を書いているのではない。署名原稿で自説を書いているのである。私がいくら「存在する」と断言しようと、それは私の「私念」であり、国民的合意を得るまでにはまだ長い道のりが必要である。

「そういう能力が存在する」ということを前提にしないと「話のつじつまが合わない」事例があまりに多い場合には、自然科学の骨法に倣って、仮説として「存在する」ということにして私は話を進めているのである。

誰かが、「存在しない」という条件でも、これらの事例のすべてを説明できることを証明してくれたら、私はもちろんただちに自分の仮説を書き換えるであろう。

あらゆる科学的命題はそのつどの科学技術の（おもに計測技術の）限界によって規定された暫定的な仮説であり、（しばしば計測技術の進歩によって）有効な反証が示されれば自動的に「歴史のゴミ箱」に棄てられる。

「超能力」とか「霊能力」と呼ばれる能力は現に存在する。ただ、私はそれを別にそれほどスペクタキュラーな能力だと思っていない。潜在的には、そのような能力は誰にでもあり、それが開花するきっかけを得た人において顕在化しているということだと思っている。

せっかく万人に共有されている潜在能力であるのなら、開発して、「災厄を未然にふせぎ、限られたリソースを重点配分する」ことに役立てればよいと思う。だから、そのような能力の成り立ちと操作方法について研究しているのである。別にいばって言うほどのことではなく、五万年ほど前から、人類の先達たちがずっとやってきたことである。

ただ、この数十年、マスメディアではこの件についてはまったく報道しなくなったというだけのことである。それはメディアの側の事情であって、私のあずかり知らぬことである。

けれども、私たち日本人の「霊的感受性」が驚くべき劣化を遂げたことにメディアは共犯的に関与していると私は思っている。新聞はそれを組織的に無視することによって、テレビはそれを「見世物」に貶めることによって。この二つのメディアはその点では確信犯的に「もたれ合って」いる。

たまたま新聞から宗教の問題について問われたから、メディアが宗教と、ひろく霊にかかわる問題を組織的に無視してきたことが、現代人の「見えないものを見る」能力の劣化の重大な原因であるという私見を述べたのである。

結局、原稿はもとのままで掲載されることになった。

話をもとに戻そう。日本人は「人を見る目」を失ったという話をしていたのであった。「人を見る目」というのは、突き詰めて言えば、目の前にいる人の現実の言動を素材にして、その人の「未来」のある瞬間における言動をありありと想起することである。

別にむずかしいことではない。

「こういう状況でこういうことを言っていた人間」が「それとは違う状況」に置かれた場合にどのようにふるまうかについての先行事例の十分な蓄積がこちらにあれば、数年後のその人の表情や口ぶりくらいは想像できる。私たちはちゃんと根拠にもとづいて

「推理」しているのである。

しかるに、この推理の根拠は数値的にはお示しすることができない。推理の根拠が存在しないからではない。推理の根拠が列挙するには多すぎるからである。

シャーロック・ホームズは事件の解決後にワトソン君にうながされて「ホームズ、どうして君は彼が犯人だとわかったんだ」という問いに答えを与える。

ホームズは理由を教える。

「ちょっと『ひっかかったこと』があってね」

その「ひっかかり」を手がかりにホームズは真相を明かす、動かぬ証拠にたどりつく。

ホームズが「ひっかかる」のは、そこに「あるべきものがない」か「あるはずのないものがある」からである。

はじめて立ち寄った現場で、ホームズは「あるべきもの」と「あるはずのないもの」の膨大なリストを瞬間的に走査する。どうして「そんなこと」ができるのか、それをホームズは説明しない。

それはマルクスやウェーバーやフロイトが現に世界のすべてのできごとを説明しておきながら、「どうして自分には世界のすべてのできごとを説明できるのか」を説明できないのと同じである。

ポランニーはこれを「暗黙知」と呼んだ。フッサールは「超越論的直観」と呼んだ。

カントは「先験的統覚」と呼んだ。別に何と呼んでも構わない。

哲学者たちが言っているのは、「見えないはずのもの」が私たちには現に見える、ということである。その「直観」の構造を解明しようとして、先人たちはたいへんなご苦労をされてきた。私はその先哲の偉業を多とし、せめて「人を見る目」の涵養プログラムくらいは学校教育に取り入れたいと念じているのである。

慎ましい望みだとは思うのだが、山形さんの悲観的見通しに与するならば、これもまた不可能な企てのようである。


（二〇〇八年 一一月三日）

そんなの常識

西宮市大学交流センターのインターカレッジ西宮というイベントに出かける。市内にあるいくつかの大学から講師を派遣して、共同テーマで講義をするのである。

今回のお題は「常識のウソ、ホント――私たちの常識を再考する」というものである。

私は人も知る「常識原理主義者」であるので（そんなものはないが）、本日は「常識の手柄」というタイトルでお話をする。

「常識」についてはこれまで何度も書いているが、「そんなの常識だろ」というのは私たちがものごとを判断する上で、たいへんたいせつな知性の働きである。

まず、第一に「常識」というのは即自的に「常識」であるわけではないからである。

私が「そんなの常識だろ」と言った場合でも、言われた当人は「お前の言うことのどこが常識なんだよ。何年何月からそれが常識になったんだ。どこからどこまでの地域で常識なんだよ」とただちに反論する権利が保証されており、私はその異議に対しては絶句する他ないからである。

そう。常識というのは「常識じゃない」のである。

「常識じゃない」からこそ常識なのである。

ややこしい話ですまない。

常識にはその正しさを支える客観的基盤が存在しない。「エヴィデンス・ベーストの常識」というものは存在しない。常識というのは外形的・数値的なエヴィデンスでは基礎づけられないけれど、個人の内心深いところで確信せらるるところの知見のことなのである。

「いや、お前の言うこと、おかしいよ。うまくいえないけど、それって常識的に考えて、おかしいよ」というのが常識の表白のされ方である。

常識の表明はつねにこのように「うまくいえないけれど」「論拠を示せないけれど」「どうして自分がそのように考えるに至ったのかの理路を明らかにできないけれど」という無数の「けれど」に媒介されて行われる。

この危うさが常識の手柄なのである。

常識は「真理」を名乗ることができない。常識は「原理」になることができない。常識は「汎通的妥当性」を要求することができない。これら無数の「できない」が常識の信頼性を担保している。人は決して常識の名において戦争を始めたり、テロを命じたり、法悦境に入ったり、詩的熱狂を享受したりすることができない。

自分の確信に確信が持てないからである。

「なんか、そうじゃないかなって気はするんだけど、別に確たる根拠があるわけじゃなくて、でも、なんか、そうじゃないかなって……」というようなぐちゃぐちゃと気弱な立場にある人間は、他人に向かって「黙れ」とどなりつけたり、「戦え」と命じたり、「死ね」と呪ったりすることはできない。

「そんなの非常識」だからである。

人間社会は「真理」ではなく、「常識」の上に構築されるべきであると私は考えている。というのは、「常識」的判断は本来的に「自分がどうしてそう判断できるのかわからないことについての判断」だからである。

人間の知性のもっとも根源的で重要な働きは「自分がその解き方を知らない問題を、実際に解くより先に『これは解ける』とわかる」というかたちで現れる。

これまで何度も書いていることだけれど、「どうふるまってよいのかわからない場面で適切にふるまうことができる」というのが人間知性に求められていることである。「どうふるまってよいのか」についての網羅的なカタログが用意されていて、それと照合しさえすれば、すぐに「とるべき態度」が決定されるような仕方で私たちの実生活は成り立っているわけではない。私たちの人生にとってほんとうに重要な分岐点では、結婚相手の選択であれ、株券の売買であれ、ハイジャックされた飛行機の中でのふるまい方であれ、「どうしてよいかの一般解がない」状態で最適解をみつけることが要求される。

理論的に考えると、「どうふるまってよいのかの一般解が存在しない状況で最適解をみつける」ということは不可能である。けれども、「論理的にそんなことは不可能である」と言って済ませていたら、生きる上で死活的に重要な決定はひとつとして下せないことになる。そして、実際に私たちはそういうときに正否の準拠枠組み抜きで決断を下しているのである。

何を根拠に？

「なんとなく、こっちの方がいいような気がした」からである。

レヴィ＝ストロースはマトグロッソのインディオたちのフィールドワークを通じて、「ブリコルール」という概念を獲得した。

彼らは少人数のバンドでわずかばかりの家財を背負って、ジャングルの中を移動生活していた。人ひとりが背負える家財の量には限度がある。だから、道具はできるだけ多機能であることが望ましい。狩猟具として使え、工具として使え、食器として使え、遊具として使え、呪具としても使える……というような多目的なものであるほど使い勝手がよい。しかし、「何にでも使えるもの」は逆に一見しただけではどんな使い道があるのかわからない。

だから、ブリコルールは密林を歩いていて、何かを見つけると、それをじっと眺める。

そして、「なんだかよくわからないけれど、そのうち何かの役に立つかもしれない」と思ったら、背中の合切袋に放り込む。「こんなものでも、いずれ何かの役に立つかもしれない」というのがブリコルールが対象を取捨選択するときの基準である。ブリコルールの袋には容量に制限がある。入れることができるものの数は限られている。だから、彼は目の前のものをじっと凝視する。

そこには「何の役に立つかわからないもの」がある。

それが「今後ともまったく役に立たないもの」であるのか「もしかするといつか何かの役に立つのかもしれないもの」であるのかを既存の基準を以て識別することはできない（何の役に立つのかまだわかっていないのだから）。

にもかかわらず、ブリコルールは決断を下して、あるものを棄て、あるものを袋に入れる。

このとき、彼はいったい何を基準にして「いずれその使用価値が知られるはずのもの」と「いつまでもその使用価値が知られないであろうもの」を識別しているのか。それをブリコルール自身は言うことができない。

どうして自分にはそれをできるかを言うことができないけれど「できる」ということがある。それが人間知性のいちばん根源にある力であると私は思っている。

ロジカルに言えば、「明証をもって基礎づけられない判断は正しい判断ではない」という命題は正しい。けれども、経験的には「明証をもっては基礎づけられなかったけれど、結果的には正しかった判断を継続的に下すことのできる人」が私たちのまわりには現に存在する。

私はこの「明証をもっては基礎づけられないけれど、なんとなく確信せらるる知見」を「常識」と呼ぶことにしている。そして、常識の涵養こそが教育の急務であると思っている。

もちろん、私の意見に対して「何を言っておるのかキミは。常識の涵養が教育上の急務だなどという判断にどういう論拠があるのかただちに具申せよ」という反論があることは承知している。

だから、「いや、なんか、よくわかんないけど、そんな気がするんですよね、僕としては」とふにゃふにゃ応援するのである。

（二〇〇八年　九月二五日）

後ろ両肩取り心得

炎天下、自主稽古に行く。

有段者ばかりなので、ひさしぶりに「後ろ両肩取り」をやる。

武道的には相手に後ろに回られて両肩をつかまれるということは「ありえない」状況設定である（そのときにはもう死んでいる）。だから、これはそういう危機的状況をどう離脱するかというシミュレーションではなくて、相手が視野のとどかない背後にいるときの独特の体感を感知する気の錬磨の稽古だと多田先生からは教わった。

教わったとおりのことを教える。

暗闇の中でも私たちは眼をこすったり、鼻をつまんだりすることができる。それと同じである。相手が見えないところにいても、それが自分の身体の一部のように感じられれば、別段不自由はない。触覚というか気配というか体感というか、そういうものを手がかりにして動く稽古をする。

だいたい私たちの身に及んでくる危険のうち九〇％以上は「見えないところ」を起点としている。危険が目に見えるときにはそうとう切羽詰まっていると考えた方がよい。

だから、危険な因子が「見えて」からすばやく反応できる能力を開発するより、危険な因子が「まだ見えない」段階でそれを感知する能力を開発するほうが費用対効果がよい。いつも言っている例であるが、ライオンと出会ってから走って逃げ切る走力を身につけるよりは、数キロ手前で「なんか、あっちの方にゆくと『いやなこと』がありそうな気がする」という「ざわざわ感」を感知する能力を身につける方がずっと効率的である。

私たちの生存にとって「危険なもの」はごく微細であれ「危険オーラ」の波動を発信している。生物は（原生動物でも）そのような「オーラ」を感知することができる。というか、危険を回避し、生存戦略上有利な資源の方にひきつけられる趨向性をもつもののことを「生物」と呼ぶのである。

私たちは生物であるから、危険をもたらすものは回避し、利益をもたらすものには惹きつけられる。

安全な社会（現代日本人は自分たちの社会をそのような社会だと信じている）では、「利益をもたらすもの」に対する嗅覚は敏感になるが、「危険をもたらすもの」に対するアラームは鈍麻する。

新聞を開くと、政治家の資金管理団体の「記載ミス」の記事が出ている。

政治献金の記載漏れとか同一の領収書の使い回しなどが「事務担当者の単純なミス」だとされて、「問題にならない」と強弁されている。問題にならないで済むものもあるし、問題になって議員辞職に追い込まれたケースもある。

私が驚くのは政治家の倫理性の低さではない（そんなことははじめから当てにはしていない）。そうではなくて、彼らの「危険に対する警戒心のなさ」である。

彼らからすれば「はした金」の処理ミスで政治生命を失うこともあるということに対する恐怖心の欠如に驚くのである。

「みんながやっている」ということと「非合法である」ということは次元の違う話である。高速道路のスピードオーバーでパトカーにつかまったときに「他の車もみんな一〇〇キロで走ってるじゃないか」と言ってもしかたがない。「なるほどそうだね。他の車もスピード違反しているのに、キミだけから罰金をとるのはアンフェアだよね」と言って放免してくれた警官に私はこれまで会ったことがない。

そのロジックを許したら、「検挙されていない殺人犯がたくさんいるのだから、私だけを逮捕、起訴するのはアンフェアだ」という殺人犯の言い分にも耳を傾けなくてはならなくなるからである。

「みんながやっている非合法はほとんど合法である」というつごうのよい解釈は「危険」よりも「利益」を優先させる思考が落ち込むピットフォールである。

政治家たちのこの「ワキの甘さ」は、「わずかな利益のために致死的な危険を冒す」ことにほとんど心理的抵抗を感じない現代日本人の全体的趨勢を表している。

そういうことにならないように「後ろ両肩取り」の稽古をするのである。

（二〇〇七年　九月七日）

剣の三位一体論

一〇時から居合の稽古がある。

この居合の自主稽古は、合気道の稽古の一環としてやっているので、ふつうの居合とは身体運用が少し違う（ほんとうは同じかもしれないが、現在の全剣連の居合とは説明の仕方が違う）。

体術で相手を「敵」とみなさないように、剣を「道具」とはみなさない。剣といかにして複素的身体を構成するか。

人間に比べると剣は構造がシンプルで、自分から勝手に動かないし、関節もないし、筋肉もない。しかし、剣には固有の生理があり、ある初期条件を与えると、そのあとの最適動線は自動的に決まる。

剣を抜き、構え、ある種の初期条件（切先の起点と終点）を入力すると、剣は最適動線を求めて動き始める。人間のとりあえずの仕事はこの剣の自発的な動きの邪魔をしないことである。

剣には剣のご事情があり、お立場というものがある。だから、剣の運動に対してレスペクトが示されなければならない。人間が作為的に操作しようとすると、剣はそのポテンシャルを発揮することができない。

これは体術の場合と同じである。というか、ビジネスだって、子育てだって、どれも原理は同じである。

「動く」のは剣の仕事であるから、人間の仕事は「止める」ことだけである。

けれども、これはほんとうにむずかしい。

剣の動きが弱々しいものであれば、止めるのは簡単である。剣がそのポテンシャルを発揮すればするほど、それを止めるのは困難になる。片手一本の筋肉の力で止められるような剣勢では、そもそも人は斬れない。剣を止めるためには全身を使わなければならない。

ところが、剣勢がほんとうに強いときには全身をつかっても間に合わない。というより、操作する人間の全身の筋肉を動員しても止めることができないような剣でなければ、兜を両断するようなことはできないであろう。

操作する人間の全身の筋肉を動員しても止められないものをどうやって止めるか。

一番簡単なのは、それで何かを「斬ってしまう」ことである。

人間の身体を斬れば、皮膚があり、脂肪があり、筋肉があり、骨格があり、それらの抵抗で剣勢は衰える。斬る人、剣、斬られる人が「三位一体」の複素的構築物を完成したとき、剣はエネルギーを放出し切って、初期の安定を回復する。

剣はほんらいそのように作られている（と思う）。

ところが居合の稽古の場合、「斬られる人」がいない。だから、「斬られる人」が担当する「剣勢を殺ぐ障害物」の役割を何かが担わなければならない。

障害物の役割を「斬る人」が担当すると、あっというまに肘が破壊され、膝が破壊される。

当たり前といえば、当たり前である。剣が蔵しているエネルギーはたいへん巨大なものだからである。

居合を長く稽古している人たちの中には肘か膝かあるいはその両方に故障を抱えている人が多いが、これはおそらくは剣勢を強化する技法の開発に軸足を置いて、剣勢を減殺する技法の工夫に十分なリソースを割かなかったことの結果である（気の毒だけれど）。

斬られる人がいないという不利な条件下で、暴走する剣をどうやって止めるか。

これは居合の提示する根源的な「謎」の一つである。

およそあらゆる「道」はいずれも根源的な「謎」を蔵しており、それが修業者たちに（それぞれの技術的な発達段階に応じて）エンドレスの技法上の問題を差し出す。

私が今取り組んでいる「謎」はこの問題である。

斬られる人がいないという不利な条件下で、暴走する剣をどうやって止めるか。自分で止めようとすると身体を壊す、ということはわかっている。では、誰が、何が、止めるのか。

理論的には剣に止まっていただくしかない。「止める」という人間を主体とした他動詞的能作を断念して、「止まる」という自動詞的な状態の到成を工夫するのである。

「斬られる人」抜きで、剣と私だけを構成要素とする剣人複合体が、「止まることによって安定を回復する」のはどういう状態においてであるか、それを考える。理屈はそうである。

「理屈がわかる」ということと、「できる」ということは違う。理屈はわかるが、実際に「じゃあ、やってみせろ」と言われても私にはできない。けれども、この方向で稽古して間違わないということはわかる。

剣人複合体をどのようにして構築するか。

とりあえず剣と仲良くする。

古来、武士がほとんど同衾《どうきん》して愛撫するほどに剣を丹念に手入れしたのは、剣との皮膚感覚的なコミュニケーションの重要性を熟知していたからである。

剣に童名をつける、というのもその一つである。

頼光の愛刀は「膝丸《ひざまる》」（途中で改名して「蜘蛛切丸《くもきりまる》」）、三条小鍛冶宗近が打ったのは「小狐丸《こぎつねまる》」、渡辺綱の愛刀は「鬼切丸《おにきりまる》」。

古来、日本人は剣を「童子」に擬す習慣があった。

童子というのは網野善彦さんの『異形の王権』にあるとおり、中世日本以来、「秩序にまつろわぬもの」のことである。大江山の「酒呑《しゅてん》童子」も「八瀬《やせ》童子」も子どもではない。

平安時代において牛飼いは童形、童名であったが、これは「牛」という当時最大の野獣とコミュニケーションする能力をもっている人間たちへの違和感と畏怖の存在したことを示していると網野さんは書いている。

半ばは私たちとは別の秩序に属しており、私たちが操作することのできぬ巨大な力にアクセスできるもの、それが「童子」である。とするならば、剣に童名をつける習慣には、そのような魅惑と畏怖の感情が伏流していたと考えることも可能である。

「剣とのコミュニケーション」という論件は、このあともひさしく私にとっての技法的・理論的な宿題であり続けるであろう。

武道というのは誰が何といっても、効率的にひとを殺傷する技術である。そして、ひとを殺傷する技術を洗練された極限において、私たちは「私が最大限の自己実現を果たし得た社会とは私以外のすべての人間が死に絶えた社会である」という結論に導かれる。

これは論理の経済がそう要求するのである。

どのような種類の他人であれ、私以外の人間が存在することは、私の可動域を制約し、私の自由を損ない、私の十全な自己実現を妨害する。敵であれば斃《たお》さねばならず、味方であれば同盟の約定を守らねばならず、一族郎党であれば保護し扶養しなければならない。誰もが私の自由を制約する。

私以外の人間がこの世界にいるという原事実そのものが、私が空間的に占めることのできる場所を縮減しているのである。

だから、「敵を斃す」ために殺傷技術を高めるものは、その極限において、私以外の誰も存在しない無人の世界を技術上の理想とするようになる。

それが武道の本源的なパラドクスである。武道家とは、このパラドクスに深く深く困惑するもののはずである。

武道修行の手柄は、それを学ぶ人をひたすら「深い困惑のうちに叩き込む」ことに存する。あらゆる術はそういう本態的な「謎」をはらんでいるがゆえに生産的なのである。

中等教育における武道の必修化を答申した中教審の委員たちには、そういうことがご理解いただけているのであろうか。私は懐疑的である。

（二〇〇七年　九月一〇日）

そのうち役に立つかも

河合塾大阪校で講演。予備校生たちをお相手に一席。

お題は「日本人はなぜ学ぶ意欲を失ったのか?」。

せっかくの休日に私の講演を聴くためにわざわざご登校くださった奇特な予備校生たち二〇〇人を前に、どうやったら受験勉強が楽しく捗《はかど》るかというお話をする。

あらゆる受験生は「なぜこんな勉強をしなくちゃいけないのか」という根源的懐疑につねにとらわれている。

当然ですね。

もちろん、受験勉強の必然性はわかっている。それができないと大学に入れない。いくつかの教科に現実の実用性があることもわかっている。例えば、英語ができると英語話者に道を尋ねられたときに、「道を尋ねられた」ということがわかる。古文ができると埋蔵金の隠し場所を書いた古地図などを解読するときに有用である。

だが、必然性と実用性を理解しているだけでは、自分の知的パフォーマンスを向上させることはできない。受験生としては、そういう外づけ的な理屈ではなく、内側から沸き立つような「勉強したい」という強い動機が欲しい。

教師たちはさまざまな仕方でこの動機づけを試みているが、なかなか成功しない。それはやはり私たちがどこかで知的パフォーマンスを「努力と成果の相関」という非常にシンプルな枠組みでとらえているからであろう。

ほとんどの受験生は、n倍の時間勉強すれば成績もn倍になるというきわめてシンプルな一次方程式で努力と成果の相関をとらえようとしている。

だが、経験的にはそれはまったく事実ではない。

勉強時間がふえると成績が上がるのは成績がきわめて低いときだけであり、そのあとは勉強時間と成績は相関しない。ある閾値《いきち》を超えて（例えば一日一五時間とか）勉強するとむしろ成績は下がる（したことないから想像だが）。成績が上がるより前に体を壊して寝込んでしまうであろう。

経験がそれを否定しているにもかかわらず、受験生たちは「努力と成果の相関」というスキームにこだわっている。そして、この機械論的な勉強のイメージそのものが、彼らが勉強する意欲を殺いでいる。

別に彼らが悪いわけではない。昔からずっとそう思われてきたのだから、仕方がない。「詰め込み勉強」という比喩そのものが「容器とそのコンテンツ」という、知の働きについてのイメージを固定化させている。

だが、これは知性の実相とは程遠い。

知的パフォーマンスの向上というのは、「容器の中に詰め込むコンテンツを増やすこと」ではないからである。

ぜんぜん違う。

容器の形態を変えることである。

変えるといっても「大きくする」わけではない（それだとまた一次方程式的思考である）。そうではなくて、容器の機能を高度化するのである。

問題なのは「情報」の増量ではなく、「情報化」プロセスの高度化なのである。

これまで何度も書いていることだが、情報と情報化は違う。喩えて言えば、「情報」を「大福」とすると、「情報化」というのは小豆や砂糖やもち米から「大福を作り出す工程」のことである。

「情報」を重視する人々は「x日までに大福をy個、原価z円で納品する」というようなことに熱中する。彼らが興味をもつのは、「納期」や「個数」や「コスト」や「粗利」や「競合商品との価額の差」など、要するに数値である。

それに対して、情報化というのは「なまものから製品を作り出すダイナミックな工程」である。

情報化にかかわる人々の関心はつねに「具体的なもの」に向かう。

小豆が品薄ならソラマメはどうか、もち米がなければ橡《とち》の実ではどうか、石油の代わりに薪で焚いたらどうか、プラスチックで梱包しないで竹の葉でくるむことはできぬか。そういう具体的な「モノ」をあれこれといじくりまわしながら、モノのそれまで気づかれなかった潜在的な有用性を探り当てようとするのが、情報化する人の構えである。

情報化する人はレヴィ＝ストロースが『野生の思考』で「ブリコルール」と呼んだマトグロッソのインディオに似ている。

ジャングルの中を歩いていると、「何か」が目に止まる。何だか知らないけど、それに惹きつけられた。どうしてなのか、理由はわからない。それが何に役立つのかもわからない。でも、これがそのうち、ある状況において、死活的に重要なものだったことがわかる日が来るような気がする。だから、とりあえず「合切袋」に放り込んでおく。

「何の役に立つのか今は言えないが、いずれ役に立ちそうな気がするもの」に反応する能力の有無が生死にかかわることがある。

石原裕次郎が太平洋単独航海に挑んだ堀江謙一青年を演じた『太平洋ひとりぼっち』という映画の中に印象深い場面があった。

マーメイド号に乗り込んで出航するとき、堀江青年は床に落ちていた小さな板切れを海に棄てようとするのだが、思いとどまる。そのうち何かの役に立ちそうな気がしたからである。

しばらくしてヨットは嵐に襲われる。船室の船窓のガラスが破れ、そこから海水が浸入してくる。

堀江青年は片手で穴を抑えながら、片手で必死にあたりを探る。すると板の切れ端に手がかかる。それを窓にあてがって釘でばんばん打ちつけると浸水は止まった。

この板切れを棄てようとしたときに、「これ、そのうち何かの役に立つんじゃないかな」という思いがふと胸に浮かんだことで、堀江青年は命を救われた。

というエピソードを映画で見たのが今から四五年ほど前の話で、そのときに「このエピソードはなんだかきわめて重要な教訓を含んでいるように思うが、今の僕にはそれがどういう教訓かわからない。でも、とりあえず記憶しておこう。そのうち何かの役に立つかもしれないし」と中学生の私は思ったのである（思ったわけじゃないけど、忘れなかったのである）。そのまま映画のことを忘れて半世紀近くたって、ある講演会で、「ブリコルール」の例として適当なたとえ話はないかな……と思っているときにこのエピソードを思い出したのである。

この映画的記憶は映画を観てから四五年経ってようやく「役に立つ」状況に遭遇したわけである。「そのうち」というのはこれくらいの時間の幅を含むのである。

閑話休題。

というわけで、「情報化する人」というのは、そういうふうに出会うすべてのものを

「そのうち何かの役に立つかもしれない」と脳内にどんどん溜め込んでゆくのである。

不思議なもので「これは絶対に覚えておかなくてはならない」ことを記憶するにはけっこうな手間ひまがかかるのであるが、「そのうち何かの役に立つかもしれない（し、何の役にも立たないかもしれない）」ことを記憶するには何の努力も要さない。だって、ことの定義上、そこで記憶されるのは、それを忘れたとしても、忘れたことさえ忘れられるようなことだからである。

だから、「そのうち役に立つかも」と思っているものは脳内にいつのまにか溜まってゆく。それこそボルヘスの「バベルの図書館」的なスケールで増殖してゆく。

ところが、その有用性や実利性が熟知されている「これは絶対覚えておかなくてはならない」ことはなぜかさっぱり脳内にとどまってくれないのである。まさに、その有用性や実利性が熟知されているがゆえに、「これはいったい何の役に立つのだろう？」という問いのセンサーが、そういう情報についてはまったく作動しないからである。だって、もともと有用であることがわかっており、世間の人々も「有用である、価値がある」と太鼓判を押しているのである。何が悲しくて自力で、それに「こんなふうにも使えます！」というような用途を探してあげる必要があろうか。デスクトップ・パソコンは「漬物石代わりにも使える」というようなことをアナウンスしても、誰もほめてくれない。

しかし、知性のパフォーマンスが爆発的に向上するのは、「その有用性が理解できないものについて、これまで誰も気づかなかった、それが蔵している潜在的な有用性」を見出そうとして作動するときなのである。自分が何を探しているのかわからないときに自分が要るものを探し当てる能力。それが知的パフォーマンスの最高の様態である。

あらかじめリストにあるものを探すなら誰でもできる。自分が何を必要としているのか判らないときに、「これ」が役に立つと判定できるのは、自分の存在のかたちをそのとき書き換えたからである。

思い出して欲しい。「何か窓を塞ぐもの！」という命がけの要請が切迫したときに、堀江青年の指先が捜し求めていたものは、様態も材質もほとんど未定のものであった。空き缶でもよかったし、枕でもよかったし、マンガ雑誌だって一時しのぎにはなる。発想を転換すれば、救命ボートでも、沿岸警備隊を呼び出す無線の受話器でもよかった。

もしかしたら、聖書や阿弥陀如来像が求めていた当のものであったかもしれない。片手が阿弥陀如来像をつかんだその刹那《せつな》に、「ああ、浄土からのお迎えが来た」と信じて、至福のうちに溺死するということだってあったかもしれない。

それが「間違った選択だった」と言う権利は誰にもない。

「これはそのうち何かの役に立つかもしれない」というのは、「これ」の側の問題ではなく、実は「私」の側の問題だったのである。「これ」の潜在可能性が発見されたのは、「私」の世界の見方が変わったからである。「私」が変化しない限り、その潜在可能性が発見されないような仕方で「私」の前に隠されつつ顕示されているもの。それをとりあえず「ほい」と合切袋に放り込むこと。

それを「学び」というのである。

おわかりいただけたであろうか受験生諸君。

健闘を祈る。

（二〇〇八年　七月七日）

失敗の効用

下川正謡会の本番が終わる。

社中のわれわれにとっては「一年で一番長い日」である。楽屋でドクター佐藤とお茶を飲みながら、「どうして、オレたち、こんなに苦しいことを自腹切ってまでやってんだろ」と顔を見合わせる。

舞囃子で能舞台に立つことのストレスに比べたら、学会発表なんか、何でもないですからねとドクターが答える。

ほんとに。これに比べたら、講演とか学会発表とか、ピクニックみたいなもんだね。

なるほど、そういう訳か。

人間は同時に二つの苦しみを苦しむことができない。

私は前に激しい胃痙攣の発作を起こしたとき（わさび漬けをアテに白ワインを飲んだのである）、廊下のドアにしたたかに顔面を打ち付けて顔の半分を紫色に腫れ上がらせたことがあるが、このときも、胃痙攣の発作が治まるまで、顔に痛みがあることに気づかなかった。

そういう訳なのだ。

われわれは年に一度この舞囃子の舞台というものがあって、そのストレスで胃に穴があくような思いを一年中している（ストレスが消えるのは本番のあとの一週間ほどだけである）。そのストレスがあまりに苦しいので、その他のストレスフルな出来事が（よく考えてみたらたくさんある）どれも「舞囃子の苦しみに比べたら、屁のカッパ」に思えてしまうのである。

舞台上で道順がわからなくなったときの絶望感に比べたら、講演で絶句することなど冗談のようなものである。「あれ、オレ何しゃべってたんだっけ？」と言って笑いをとることが講演では許されるが、舞台で「センセイ、これからどうすんでしたっけ？」と訊いたりすることは天地がひっくり返っても許されないのである。

詰める歩数が違うと叱られ、拍子の間が悪いと叱られ、目付が低いと叱られ、舞扇の角度が違うと叱られるという、文字通り「一挙手一投足が規矩《きく》に従っている」という状態を到成しなければ舞というものは成り立たない。私のようにふだんからちゃらちゃらと好き放題にしている人間にとって、これがどれほど苛酷な試練であるかはよくよくご理解いただけるであろう。

しかも、これだけストレスフルな経験でありながら、舞台上でどのような失敗をしようと恥をかこうと、それは私どもの実生活には何の関係もないのである。

私たちの失敗や不出来は誰にも迷惑をかけない。

それで命を取られることもないし、失職することもないし、減俸されることもないし、家族や友人の信頼や愛を失うこともない。

何の実害もないのである。

これほどのストレスが加圧されていながら、失敗しても何のペナルティもないのである（下川先生は本番前はこちらの体温が下がるほどに手きびしいが、本番終了後は決して過去を振り返らず「はい、よくできました」と水に流して、もう来年の話に入るのである）。

変でしょ。

不思議な装置である。

昔の男たちは「お稽古ごと」をよくした。

夏目漱石や高浜虚子は宝生流の謡を稽古していた。山縣有朋は井上通泰に短歌の指導を受けた。内田百閒は宮城道雄に就いて箏を弾じた。そのほか明治大正の紳士たちは囲碁将棋から、漢詩俳諧、義太夫新内などなど、実にさまざまなお稽古ごとに励んだものである。

植木等の歌に「小唄、ゴルフに碁の相手」で上役に取り入って出世するC調サラリーマンの姿が活写されているが、一九六〇年代の初めまで、日本の会社の重役たちは三種類くらいの「お稽古ごと」は嗜《たしな》んでおられたのである。

なぜか。

私はその理由が少しわかりかけた気がする。

それは「本務」ですぐれたパフォーマンスを上げるためには、「本務でないところで、失敗を重ね、叱責され、自分の未熟を骨身にしみるまで味わう経験」を積むことがきわめて有用だということが知られていたからである。

本業以外のところでは、どれほどカラフルな失敗をしても、誰も何も咎めない。そして、まことに玄妙なことであるが、私たちが「失敗する」という場合、それは事業に失敗する場合も、研究に失敗する場合も、結婚生活に失敗する場合も、「失敗するパターン」には同一性がある、ということである。

私はこれまでさまざまな失敗を冒してきたが、そのすべては「いかにもウチダがしそうな失敗」であった。「ウチダがこんな失敗をするとは信じられない」というような印象を人々に残すような失敗というものを私はこれまで一度もしたことがない。すべての失敗にはくろぐろと私固有の「未熟さ」の刻印が捺されている。

だからこそ、私たちは「自分の失敗のパターン」について、できるかぎり情報を持っておくべきなのである。そして、そのパターンを学ぶためには、「きわめて失敗する確率の高い企て」であるにもかかわらず、どれほどスペクタキュラーな失敗をしても「ペナルティがない」という条件が必要なのである。

「失敗する確率が高い」のはそのときに私たちの思考や運動の「精度」が下がるからである。しかるに、「精度」と「自由度」は相関するので、思考・運動の自由が抑制される条件を課されさえすれば、私たちはシステマティックに失敗する。

「お稽古ごと」というのは無数の「約束事」（どうしてそういう決まりがあるのか、その起源について誰も知らないような）で編み上げられているのだが、それはそうしておくと、「初学者はおもしろいように失敗する」からである。

素人がお稽古することの目的は、驚かれるかもしれないが、その技芸そのものに上達することではない。

私たち「素人」がお稽古ごとにおいて目指しているのは「できるだけ多彩で多様な失敗を経験することを通じて、おのれの未熟と不能さの構造について学ぶ」ことである。

それは玄人と目指すところが違う。

玄人は失敗すれば職を失い、路頭に迷う可能性があるけれど、素人はそれがない。私たち素人が玄人に対して持っている「アドバンテージ」はまさにそれだけなのである。

「それだけ」だとすれば、「それこそ」がお稽古ごとすべてに貫流する教化的な要素だということは論理的に推論せらるるのである。

とにかく今年の大会が終わって、ほっとした。

来年の大会は六月六日。
私は「野守《のもり》」の舞囃子です。素謡は「大原御幸《おはらごこう》」。
ああ、また苦しい一年が始まる。

（二〇〇九年　六月一日）

「死んだあとの私」という想像的視座

NHKの記者さんが取材に来た。

どういう案件かと思いきや、「自殺サイト」の学的考察についてのご意見を求められたのである。どうして私にそのようなお門違いのお訊ねを……と記者さんにお聞きしたら、その前に取材に行った茂木健一郎先生から「ウチダさんとこに行ったらいいよ」とアドバイスされたからだそうである。

茂木さんのご紹介ということであれば、紹介者のメンツをつぶすわけにはゆかない。ない知恵を絞って必死になって語ること九〇分。

私の仮説は次のようなものである。

まず一般的な前提の確認として、

「死んだときの私」という想像的な消失点から現在を回顧的に見る力が、ほかならぬこの現実にリアリティを与えている。

それは私が「推理小説」を読んでいるときと同じメカニズムである。

ある出来事が起こる。物語の中ではすべての出来事の意味は文脈依存的であるから、物語が読み終えられて書物を閉じるまでは、その出来事の意味は未決のままである。にもかかわらず私たちが推理小説の未決（サスペンス）を愉悦することができるのは、その「物語を読み終えて、すべての伏線の意味を理解した自分」というものを想像的に措定しているからである。

もし、推理小説の場合に、「その小説が途中で『未完』で終わるかもしれない」とか「最後に探偵が『うーむ、わからん』とうめいて、すべては謎のまま終わる」という事態がしばしばありうるならば、私たちは小説を読むことの苦役に長くは耐えられぬであろう。

同じことが私たちの生そのものにおいても起きている。

日々我が身に起きている出来事の「ほんとうの意味」は「私という物語」を読み終えるまで私は知ることができない。にもかかわらず日々の出来事に感動できるのは、『私という物語』を読み終えた私」を想像的に措定して、その仮設的視座から現在を回顧しているからである。

例えば、意を決して愛の告白をするときなど、私たちは自分を含む「映像」を思い描き、そこに「このときがぼくの幸福のあるいは絶頂の瞬間だったのかもしれない……」などというナレーションを勝手に入れている。

というか、そういうナレーションを想像的に入れないと、どれほど劇的な出来事だって、さっぱり盛り上がらないものなのである。

だから、劇的人生を好む人は（女性に多いけれど）、愛の告白の瞬間とか、別れのことばを告げるときとかに「鏡」や「窓ガラス」にちらっと自分の姿を映していることがある（お時間があったときに観察してみてください）。

むろん、それを責めるのは筋違いで、人間というのは「そういうもの」なのである。私たちは「物語のスキーム」の中にリアルタイムの現実をはめ込むことによってしか、リアルタイムの現実の現実感を享受することができない。そういう生き物なのである。「ウチダくん、私たち、もう終りなのね」と言いながらカメラ目線になっているガールフレンドはそのときに「自分を登場人物として含む物語」の観客になって、「物語」を一望しようとしていたのである。

この俯瞰的視座から彼女は単に上空から全体を見下ろしていただけではない。その出来事が起きる前のことも、起きた後のことも俯瞰しているのである。時間を自由に行き来できるのでなければ、「私はこの恋の破綻が、そのあと私にどのような傷を残すことになるのか、そのときにはまだ知らなかった」というようなナレーションをつけることはできない。

この超越的視座が「『私という物語』を読み終えた私」、つまり「死んだあとの私」である。

「死んだあとの私」という想像的な視座をどこに設定できるか、それによって、その人のリアルタイムにおける身の処し方は当然ながら変わってくる。

例えば、個体としての自分の死を超えて、共同体の死、生物種の死、地球の死、はては宇宙の死にまでこの無限消失点を後退させることができるほどに想像力の豊かな人がいたとする。そういう人は親の死に目に遭おうとも、妻に三行半《みくだりはん》を叩きつけられようとも、勤め先が倒産しようとも、死病を宣告されようとも、「そんなこと、宇宙的時間の中ではつかの間のことですから……」と静かに笑っていられるであろう（それも厭味だけれど）。

逆に、想像力の弱い人間は、個体としての自分の死さえうまく想像することができない。成長し、さまざまな経験を重ね、愛し、憎み、出会い、別れ……気の遠くなるほど長い歴程を踏破したあとに、老い、病み、死のうとしているときの自分を想像することができない。

でも、「死んだ私」という想像的視座に立つことなしには、「今この瞬間のリアリティ」を形成することはできないのである。

「今この瞬間のリアリティ」を基礎づけるのは、「今この瞬間」を含む物語の全体だからであり、「物語」の中で「今のこの一瞬」が何を意味しているのかを知るためには、どうしたって「私という物語」を読み終えていなければならないからである。

それは小説を読んでいるとき、伏線の意味や登場人物の役割を理解するためには、物語を最後の頁まで読まなければならないのと同じである。

だが、想像力が足りない人は「死んだあとの私」を物語的に造形することができない。彼らがかろうじて想像できるのは「今の私のまま死んだ私」である。成長も経験も出会いも変化も加齢も何も起こらない「無時間的な人生」が終わった瞬間の私である。「無時間的な人生」というのはよく考えると論理矛盾だけれど、ひとつだけそれを具体化できる契機が存在する。

自殺である。

自殺というのは「今の私」という無時間的存在者が、「今の私ならざるもの」へと私を拉致し去るかもしれない時間を支配し返すための唯一の方法である。

もし、「今の私」のままで「私という物語」を最後まで読み終えたいと願うなら、それを達成するためには自殺という方法しかない。

それゆえ、「今の私」であることに固執し、かつ「今の私であることのリアリティの希薄さ」に耐えられない人間は、「今の私のまま死んだ私」という想像的消失点を立てることでかろうじて、今の無意味さと非現実性に耐えることができる。

だから、自殺サイトが繁昌する。

逆説的な話だが、「今この瞬間をやりすごすためには、自殺することを想像するしかない」という事況は「よくあること」なのである。
それは想像力の不足がもたらす出口のないループである。

（二〇〇五年　一一月九日）

反復の快

つねづね申し上げているように、私はルーティンが大好きである。毎日同じ時間に起きて、同じものを食べて、同じような服を着て、同じような場所に行って、同じような仕事をして、同じようなことをしゃべって、同じような映画を見て、同じような本を読んで、同じような酒を飲んで、同じような夢を見る……というのが私の至福の一日である。

意外性とか新奇性というのは私の深く忌避するところのものである。

快楽は本質的に回帰性のものである。フロイトを引くまでもなく、快感原則は恒常原則に由来する。

「識閾《しきいき》を超えるあらゆる精神的物理的運動は、それがある限界を越えて完全な安定に近づくにつれて快をおび、ある限界を越えて安定から離れるにつれて不快をおびることになる。」

だから、生物の自然は安定を求め変化を嫌うはずである。

私はそうである。

しかし、実際には私たちは快感原則のみに従って行動しているわけではない。生物が置かれている状況では、「快だよん」と言って、そこらで寝ころんでいるような生物はいずれ飢え死にするか、ただちに他の生物に捕食されるかするし、そもそも配偶者が得られないから、DNAを複製することができないからである。生き延びようと思ったら、生物は「満足を延期し、満足のさまざまな可能性を断念し、長い迂路をへて快感に達する途中の不快を一時甘受する」ことを受け容れなければならない。

これが現実原則である。

なるほど快感原則と現実原則が葛藤しているので、人生めんどくさいんですね。

あのね、違うの。そうじゃないのよ。フロイト博士はそんな簡単な話をしているのではない。

もし生物が本性的に快をめざし、不快を避けるものであり、仮に快の享受を延期したり中絶したりする場合があっても、それは最終的により確実に快を得るための迂回にすぎないという理屈では「説明できない現象」が多すぎるということをフロイトは指摘しているのである。

例えば外傷性神経症の場合、患者はトラウマ的経験の原点にある光景を繰り返し夢に見て、驚愕して目覚める。覚醒時の患者はできるだけそのことを考えまいとしている。夢もまたしばしば願望充足のための機能を果たしている。だったら、「そんなことは忘れてしまってぐっすり眠る」というのが生物にとって最適の選択であるはずである。それができない。

それはおそらく、その不快に耐えることがある種の快をもたらしているからだ。フロイトはそう考えて、これを「反復強迫」と呼んだ。

「あらゆる人間関係がつねに同一の結果に終わる」人がいる。あなたがたのまわりにも必ずいる。おそらくあなた自身も多少はそうであるはずだ。

手助けしてあげた人間に必ず裏切られる人。誰かを権威者に担ぎ上げて、その人に熱情的に仕えるけれど、一定時期が過ぎるとその人を棄てて、別の権威者に乗り換える人。同じようなタイプの恋人を選んで、そのつど傷つけられる人。

フロイトは三回結婚して、三回とも夫を死ぬまで看病するはめになった女性の事例を紹介している。おそらくその女性は「もうすぐ死病に取り憑かれそうな男」を選んで結婚しているのである。

これは、「不快な経験の反復」はそれが「反復」であることによって不快を上回る快を提供しているということによってしか説明できない。

快感原則の究極のかたちは死である。死んでしまえば、もう変化はない。ニルヴァーナ。

でも、現実原則と快感原則の葛藤ということを考慮すると、タナトス的にいちばん気持ちがいいのは「もう死んでいる」状態ではなく、むしろ「今、死ぬ」瀬戸際にいるときである。

「ああ、これでやっと永遠の安定に還ることができる」という瞬間にタナトス的な「快」は最大化するはずである。セックスにおける快がそうであるように、快というのは、欲望が消失するまさにその瞬間に最大化するものだからである。

だから、「生きていながらぎりぎりで死に触れている臨界線上」に身を持すのが、生物が生物として経験できる最大の快であることになる。

反復とは、この「生きていながら死んでいる」状態をモデル化したものである。おそらくそうなのだろうと思う。

死ぬことは生物が経験できる至上の快である。

だから、私たちはこれほどまでに死ぬことを忌避するのである。それは一度死ぬともう死ねないからである。

（二〇〇六年　四月九日）

ミラーニューロンと幽体離脱

ＰＨＰの雑誌『Ｖｏｉｃｅ』の仕事で、脳科学者の池谷裕二《いけがやゆうじ》さんと対談。これはたいへん楽しみな対談であった。

池谷さんの『進化しすぎた脳』はずいぶん授業で引用させていただいた。近著『脳はなにかと言い訳する』は最新の学術的発見をふまえた、これまたまことにスリリングな書物であった。

池谷さんは一九七〇年、私が大学に入った年のお生まれである。若い理系の学者と話をするのが私は大好きである。彼らの特徴は「自分が何を専門的に研究しているかを非専門家に説明するのがうまい」ということである。彼らは専門用語を使ってはとても素人には理解させられそうもないことをメタフォリカルな表現で説明する能力に長けている。

この能力は人文系・社会学系の若手研究者にはなかなか見られない。

人文系・社会学系の若い研究者は素人に自分の専門を説明するときに、いかにも面倒そうに、「あのですね、まあ嚙み砕いて言えば……」と相手を見下す視線になり、言い終わると（「まあどうせわかりっこないでしょうけどね」という意味を込めて）「ふん」と軽く鼻を鳴らす。

それに対して、理系の諸君は素人相手のときにも（ときにこそ）、自分の研究がどういうものであるかを理解させようとかなりむきになる。

理由の一つは、理系の研究はしばしば巨額の外部資金を要するせいで、専門のことをよくわかっていない素人スポンサーに資金導入を決意させる適切なプレゼンテーションをしなければならないからである。

文系の研究にはそれほどお金がかからない。だから（私もそうだけど）、自分の研究の社会的有用性や意義について説明する必要があまりない。というか自分の研究は「社会的有用性のような世俗的なものとは関係ないんだぞ」というあたりにむしろ力点が置かれたりする。

この「浮世離れ」にはもちろんよいところもある。けれど、今のところは文系学者のプレゼンテーション能力の低下と自分の研究の歴史的・社会的意味について吟味する習慣の欠如という否定的側面ばかりが目に付くのである。

池谷さんの話はたいへんにわかりやすく、かつスリリングであった。あまりにスリリングだったので、私は途中で動悸が激しくなったほどである。

わかりやすいのは、話を単純化しているということではない（私の理解力がすぐれているということではさらにない)。そうではなくて、脳科学がどうして「今のようなこと」になったのか、これから「どういうふう」になるのかという「科学史的」なひろびろとした展望の中で自身の研究を位置づけて語る習慣を池谷さんが持っているからである。

予定時間よりも一〇分早く二人とも対談場所についてしまったので、即対談が始まる。それから一時間四〇分にわたって、二人で一瞬の隙もなく、しゃべりにしゃべり続ける。これだけリアクションの鋭いコミュニケーションを経験したのはひさしぶりのことである。

私がこのところずっと考えていた時間と知性と身体技法に関するほとんどすべての問題について池谷さんは驚くべき仮説で応じてくれた。

私がこだわっていた論件はそのほとんどが「ミラーニューロン」と「線条体」の機能にかかわる問題だったのである。

雑誌では私たちの話したうちのごく一部しか採録することができないのが残念である。今日聞いた中でいちばん面白かった話を一つだけ紹介する。

「ミラーニューロン」というのはご存じのとおり相手が何をしているのかを見て反応する神経細胞のことである。

誰かがアイスクリームを食べているときに、それを見ている私の脳内で、「アイスクリームを食べているとき」に活動する神経細胞がまるで鏡に映したように活動する。だから、人のしぐさを見ているだけで、その人の内部で起きていることが想像的に追体験（というかリアルタイムで体験）できる。

そういう能力が生物には備わっている。

チンパンジーにもミラーニューロンがある。だから、人のしぐさを見るだけで人間の道具を使いこなし、ボートを漕いだりすることもできる。

このニューロンはコミュニケーションや学習や共同体の形成にとって決定的な重要性をもつ。

だから、コミュニケーション能力の低い人、「空気が読めないやつ」、他者との共感能力の低い人はこのミラーニューロンがきちんと機能していないということになる。学習障害や自閉症がミラーニューロンの機能と深い関係があることもすでに知られているそうである。

先日、多田先生から「師匠がくしゃみをしかけたら弟子は同時にくしゃみをするくらいでなければならない」というお話をうかがった。他者の体感に同期することは合気道の重要な技法的課題だけれど、これはミラーニューロンの活性化というふうに言い換えることもできる。

それだけでもびっくりなのだが、一番驚いたのは（これはまだあまり知られていないことだそうだけれど）ミラーニューロンを活性化する薬が発明されたという話である。

それを人間に注入してみたら、どうなったか。

他者との共感能力が異常に高まって「千里眼」になった……とふつうなら想像するが、
そうではなかった。

ミラーニューロンが活性化した人は全員が同じ幻覚を見たのである。

それは「幽体離脱」である。

自分を天井から自分が見下ろしている。

つまり他者への共感度が高まりすぎたせいで、自分が他者であっても自己同一性が揺るがない状態になってしまったのである。

この幽体離脱はほとんどすべての人間が経験する。ただ、ふつうの人はせいぜい生涯に一度か二度（多くは臨死体験において）である。だから、科学研究の対象にはならない（幽体離脱が起きるまで何十年も被験者を観察していなければならないから）。

宗教的な修行によって幽体離脱が起きる事例については報告が多いし、向精神剤を使って似たような効果を得ることもできる。

これらはいずれも「脳内でミラーニューロンが一時的に活性化した」という生化学的反応として説明することが可能である。

「私は他者である」と書いたのは見者ランボーだが、この一文から推して、アルチュール・ランボーの脳内ではミラーニューロンがたいへん活動的であったことが推察されるのである。

論理的に考えると、「自分が他者であっても自己同一性が揺るがない」ときの自己同一性というのは、もう「私がひとりでいるときの自己同一性」とはあきらかに別物である。

それは私と他者をともに含んだ「複素的構造体＝私たち」の自己同一性だからである。ご案内のとおり、主体＝他者の対面的状況において、この「複素的構造体」をどうやって立ち上げ、どうやって操作するか、ということが久しく私自身の哲学的＝武術的課題（「レヴィナス＝合気道問題」）であった。レヴィナス他者論と「合気する」技法のあいだを架橋する手がかりがミラーニューロンのうちにあるのではないか……そう考えたら、なんだかわくわくしてきたのである。

「線条体」の話は人間の時間意識と未来予測的＝合目的的運動性にかかわるので、もっと複雑にしてスリリングな話題なのであるが、それは誌面を徴していただくことにしよう（長くなるからね）。

それにしても知的興奮の一時間半であった。池谷さん、また対談してくださいね。

（二〇〇七年　二月一三日）

他者の体感との同調と、私自身の他者化

多田塾研修会で多田先生と呼吸合わせをしているうちに「ミラーニューロン」が活性化してくる。

この訓練法が脳科学的に意味することが何となくわかってくる。他者の体感との同調と、私自身の他者化である。

「他者の体感との同調」というのはどなたにも簡単にご理解いただけるであろうが、「私自身の他者化」というのは聞き慣れない言葉である。それをご説明しよう。

鏡像段階というのはラカンの有名な理説である。

人間の子どもはある時期鏡につよい関心を持つ。もちろん、子どもには鏡像という概念がないから、そこに映っているものが何であるかわからない。けれども、鏡の前で手足を動かしているうちに、自分の手足と鏡像がシンクロしていることに気づく。

どうして「シンクロしている」ことがわかるのか。

これはミラーニューロンの働きで説明ができる。

つまり、「何か」が動くのを見ていると、見ている人間の脳の中では必ずその動作に

かかわる神経細胞が活性化する。ひとがボートを漕いでいるのを見ているだけで、「ボート を漕ぐ」ために必要な筋肉や骨格を働かせる神経細胞が点火する。いわば他人の身体の中に入り込んで、それを内側から想像的に生きるようにするのがミラーニューロンの機能である。

鏡像の動きを見ている。見ている人間のミラーニューロンが点火する。鏡像の内側に入り込んで、それを想像的に生きるようになる。その想像的体感があまりに自身の現実の体感と一致するので、想像なんだか現実なんだかわからなくなる。

鏡像を経由して自分の身体に入り込んでいるわけであるから、入り込んだ先が「まるで自分の身体みたい」に感じられるのは当たり前と言えば当たり前である。

ラカンは「私の機能の形成過程としての鏡像段階」の中でこう書いている。

身体の全体形――主体はそれを経由して幻影のうちにおのれの権能の熟成を先取りするわけであるが――はゲシュタルトとして、すなわち外部を通じてしか与えられない。

(*Écrits I*, p.91)

人間は自分の身体の全体像を見ることができない（肉眼で見えるのは手足と胴体の一

部だけである)。しかし、鏡像はそれを一挙に与えてくれる。

私は鏡像を経由してはじめて私の全体像を手に入れ、私が社会の中で他の主体たちと取り結ぶ関係を俯瞰する視座に立つことができる。

鏡像はつねに私の外部にあるのだから、私がそれに一体感を感じるということはありえないのだが、その私の外部にある像と自己同一化することで、私は「私の権能の熟成」を前倒しで手に入れることができる。

その「全能感」という報酬が外部にある像との一体化という「命がけの跳躍」を動機づけるのである。

私たちが武術の稽古で行っている「見取り」とか「うつし」というのは、この鏡像段階を強化したものと考えることができる。

師の動きは弟子の動きよりもはるかに雄渾で流麗であるが、弟子はそれをトレースしているうちに、師の姿のうちに自分の「おのれ自身の熟成を先取り」するようになる。それは強烈な全能感を弟子にもたらす。

師という他者のうちにおのれの自己同一性を仮託するのである。だから、師匠が「はっくく」とくしゃみをしかけたら、弟子の方が「しょん」と引き取るというような同一化が起きる。

他者と同一化する能力と自己を他者に転写する能力の二つはよく考えれば同じ「チャ

ンネル」を使う仕事である。

共感能力とかシンパシーということはわかりやすいけれど、その能力が自分を他者として見る、自分を含んだ風景を俯瞰的に見る、他者との関連のうちに位置づける能力（マッピングあるいはスキャニング）と同質のものであるということはあまり理解されていない。

多田先生の合気道の稽古が「呼吸合わせ」と「足捌き」に例外的に長い時間を割く理由がわかったような気がした。

呼吸合わせは師との体感の同調の稽古であり、足捌きは上空の「幽体離脱」的視点から自分の動きを見る稽古である。だとすれば、この二つはまったく同じ脳内部位（ミラーニューロン）の活性化にかかわる稽古だったということになる。

（二〇〇七年　二月二〇日）

甦るマルクス

マルクスが「プチ・ブーム」らしい。

『赤旗』からの電話取材で、「このところのマルクス・ブームと日本共産党再評価の動きについて」訊かれる。

たしかに、マルクスについて言及される回数がこのところ心持ち増えたような気がする。少なくとも、私自身の書きものに「マルクス」という語の出現頻度が上がっているのは間違いない。日本共産党再評価云々については、ほんとうにそんな動きがあるのかどうかわからない（「希望的観測」の域を出ないのではないかと思うけど……）。

どうして「今、マルクス」なんでしょう？　う〜む、どうしてなんでしょう。

一つはかつてドミナントなイデオロギーであったせいで、すっかり飽きられた「歴史主義」が、このところあまりに冷遇されていたせいで、むしろ「物珍しい」ものになったという事実がありそうである。

歴史主義には悪いところもあるが、いいところもある。

特にいいところは、「私たちが今生きているこの社会は、テンポラリーなものであって、始まりがあった以上、いずれ終わりが来る。」という考え方である。こういう考え方をつねづねしていると、今ある「このような社会」はいつ、どんなかたちで「それとは違う社会」になるのかということが気になるようになる。そういうことをいつも気にしている人間は、「今ある社会がこれからもずっと続く」と思っている人間よりも、社会が大きな変動期に入ったときに慌てない確率が高い。

「あ、なるほど、こういうふうに変わるわけね」と興味深く事態の推移を見つめている人間は「げ、これはいったい何が起きたのだ、エラース！」と肝をつぶす人間よりも、変動期を生き延びる確率が高い。

歴史主義は私たちに「ここより他の場所」「今とは違う時間」「私たちのものとは違う社会」についての想像のドアを「開放」にしておくことを要請する。

これはたいへんによいことである。でも、いけないところもある。

歴史主義のいけないところは、つい「歴史を貫く鉄の法則性」を探して、「だから来るべき社会はこのようなものである」というような遂行的予言を行い、その予言を実現させるためにあれこれよけいなことをしてしまうことである。

未来の未知性に対してもうすこし謙虚であれば、歴史主義はぜんぜん悪いものではない。でも、このようなディセンシーは社会理論には求めがたいのである。

社会は変化する。変化するにはそれなりの必然性があることは後になるとわかるが、どういうふうに変化するのか予見することはきわめて困難であるという「身の程をわきまえた歴史主義」というものがあれば、ずいぶんと気分のよい思想であろうと思うが、残念ながら、人類はそのようなものをこれまで所有したことがない。

マルクスのいちばんよいところは、「話がでかい」ところである。

貨幣とは何か、市場とは何か、交換とは何か、欲望とは何か、言語とは何か、そういう「ラディカルな話」をどんと振って、私たちに「ここより他の場所」「今とは違う時間」「私たちのものとは違う社会」について考察させる。

マルクスのこの「風呂敷のでかさ」に私は満腔の賞賛を惜しまない。

例えば、私たちの国の識者たちの多くは「日米同盟」なるものを異論の余地なき前提として国際関係を語られるが、六三年前にそのようなことを語った人間がいたら（幸い一人もいなかったようだが）特高に拉致されて、竹刀で死ぬほどぶちのめされていたであろう。

実際には、もっと短いインターバルで私たちの「議論の余地なき前提」は繰り返し瓦解している。にもかかわらず、依然としてメディア知識人たちはほんの十数年以前には遡ることのできない状況を「昔からずっとそうであり、これからもずっとそうである」かのように語る。もう、いい加減に「世の中、確実なものは何もありません」という涼しい達観に手が届こうものだが、ぜんぜんそうならない。

不思議である。

そういう話の「せこさ」に対する倦厭感が、あるいは「プチ・マルクス・ブーム」の背景にあるのかもしれない。

私自身は高校時代以来、マルクスを定期的に読み返す、かなり忠実な読者である。クロード・レヴィ＝ストロースは論文を書き始める前には必ずマルクスの『ルイ・ボナパルトのブリュメール一八日』を繙読《はんどく》するそうである。別にその中に人類学的知見が豊かに述べられているからではない。マルクスを数頁読むと、がぜん頭の回転がよろしくなり、筆が走り出すからである。

私が論文を書き始める前に「あんこもの」を食すのと（スケールは違うが）理屈はいっしょである。

マルクスは私たちの思考に「キックを入れる」。

多くの読者たちはおそらくそのような効果を期待してこれまでマルクスを読んできたはずである。

私はそれでよいと思う。

マルクスを読んで「マルクスは何が言いたいのか？」というふうに訓詁《くんこ》学的な問いを立てるのは、あまり効率のよい頭の使い方ではない。それよりはむしろ、「マルクスを読んでいるうちに、急に……がしたくなった」というふうに話が横滑りをし始めることの方がずっと楽しいことだと思う。

「知性とは何か」について、私の知る最高の定義は（繰り返しご紹介した）グレゴリー・ベイトソンのそれである。

ベイトソンによれば、知性とは何か？　という問いに、知性はこう回答した。

That reminds me of a story.

「そういえば、こんな話を思い出した」

マルクスを読んでいるうちに、私たちはいろいろな話を思い出す。

それを読んだことがきっかけになって、私たちが「生まれてはじめて思い出した話」を思い出すような書物は繰り返し読まれるに値する。マルクスはそのような稀有のテクストの書き手である。

（二〇〇八年　五月二三日）

第四章

まず隗より始めよ

遂行的予言集

まず隗より始めよ

授業の合間に取材が二つ。

ひとつは三菱系のシンクタンクから「二〇年後の日本はどうなるか」というテーマで。もうひとつは資料請求者に配布するリーフレットの「神戸女学院大学って、こんな大学です」というパブリシティ。

両方で同じような話をする。

同じ人間が続けて話をしているのだから、内容が似てくるのは当たり前であるが、よく考えるとそれは「二〇年後の日本が神戸女学院大学のような社会になる（といいな）」というふうに私は考えているということである。

何を荒誕《こうたん》なことを、と笑う人がいるかもしれないが、これは私にとってはごく自然な考え方である。

今自分がいる場所そのものが「来るべき社会の先駆的形態でなければならない」というのはマルクスボーイであったときに私に刷り込まれた信念である。

革命をめざす政治党派はその組織自体がやがて実現されるべき未来社会の先駆的形態

でなければならない。

もし、その政治党派が上意下達の管理組織であれば、その党派が実権を掌握した場合に実現することになる未来社会は「上意下達の管理社会」である。党派が権謀術数うずまく党内闘争の場であれば、その党派が実現する未来社会は「権謀術数うずまく国内闘争の場」となるほかない。蟹が自分の甲羅に似せて穴を掘るように、私たちは自分の「今いる場」に合わせて未来社会を考想する。

自分が今いる場所が「ろくでもない場所」であり、まわりにいるのは「ろくでもない人間」ばかりなので、「そうではない社会」を創造したいと望む人がいるかもしれない。残念ながらその望みは原理的に実現不能である。

人間は自分の手で、その「先駆的形態」あるいは「ミニチュア」あるいは「幼体」をつくることができたものしかフルスケールで再現することができないからである。

どれほど「ろくでもない世界」に住まいしようとも、その人の周囲だけは、それがわずかな空間、わずかな人々によって構成されているローカルな場であっても、そこだけは例外的に「気分のいい世界」であるような場を立ち上げることのできる人間だけが、「未来社会」の担い手になりうる。

私はそう思っている。

私が二〇代の終わり頃に「カタギ」の世界に戻ろうと決意したとき自戒としたのは

「気をつけよう、暗い言葉と甘い道」という標語であった。

「暗い言葉」を語る人間にはついてゆかない方がいい。

それが二〇代の経験から私が引き出したひとつの教訓である。それからあとはひたすら「お気楽人生」を標榜して今日に至る。

甲南合気会も甲南麻雀連盟も極楽スキーの会も、私にとってはたいせつな場であるが、それは私が遊んでばかりいるからではない（私を「遊んでばかりいる人間」だと思っているものはアクマに喰われるであろう）。私はそれらの場を「あるべき未来社会の先駆的形態」として縮小サイズで先取りしようとしているのである。

職場も当然その対象となる。

とりあえず私の息のかかるところはすべからく「未来社会の先駆的形態」たらねばならぬ。そこは「競争」ではなく「共生」の原理が支配する場である。パイの拡大よりもパイのフェアな分配が優先的に配慮される場である（一九世紀のある政治思想家の言葉を借りれば、「全員が飢え死にする日まで一人も飢え死にするもののいない社会」である）。私的利益と公共の福利が、同時的に、ほとんど「同じもの」として追求されるような場である。ひとりひとりの潜在可能性の開花を全員が相互に支援し合う場である。

そのような原理によって、未来社会は構築されねばならないと私は考えている。

別に私の創見でもなんでもなく、ジョン・ロックもトーマス・ホッブズもジャン＝ジャック・ルソーもそう考えていた。そのために政治思想家はいろいろな方策を考えた。社会を「抜本的によくする方法」を考えた。

そして、歴史は私たちに「社会を抜本的によくする方法」を採用するとだいたいろくなことにはならないということを教えてくれた。

「一気に社会的公正を実現する」ことを望んだ政治体制はどれも強制収容所か大量粛清かあるいはその両方を政策的に採用したからである。

近代市民社会の基礎理論を打ち立てた大思想家たちに私たちがつけくわえるべき知見が一つだけあるとすれば、それは「急いじゃいかん」（@佐分利信 in 『秋日和』）である。

人間社会を一気に「気分のいい場」にすることはできないし、望むべきでもない。

レヴィナス老師はそう教えている。

スターリン主義とはつまり、個人的な慈悲なしでも私たちはやっていけるという考え方なのです。慈悲の実践にはある種の個人的創意が必要ですが、そんなものはなくてもすませられるという考え方なのです。そのつどの個人的な慈愛や愛情の行為を通じてしか実現できないものを、永続的に、法律によって確実なものにすることは可能であるとする考え方なのです。スターリン主義はすばらしい意図から出発しました

が、管理の泥沼で溺れてしまいました。(エマニュエル・レヴィナス『暴力と聖性』国文社、一九九一年、一二八頁)

「公正で人間的な社会」を「永続的に、法律によって確実なものにする」ことは不可能である。それを試みる過程で一〇〇%の確率で「不公正で非人間的な政策」が採用されるからである。

「公正で人間的な社会」はそのつど、個人的創意によって小石を積み上げるようにして構築される以外に実現される方法を知らない。

だから、とりあえず「自分がそこにいると気分のいい場」をまず手近に作る。そこに出入りするメンバーの数を少しずつ増やしてゆく。別の「気分のいい場所」で愉快にやっている「気分のいいやつら」とそのうちどこかで出会う。そしたら「こんちは」と挨拶をして、双方のメンバーたちが誰でも出入りできる「気分のいい場所」ネットワークのリストに加える。

迂遠だけれど、それがもっとも確実な方法だと経験は私に教えている。

神戸女学院大学は私にとって「たいへん気分のいい職場」である。

ここが私の「隗《かい》」である。

だから、「一〇年後の日本社会」を望見するときに、今自分が立っているこの場所

「のような場所」が日本全体に拡がることを希望することになるのは理の当然なのである。

（二〇〇九年　五月一三日）

「おせっかいな人」の孤独

鹿児島に行った話を書き忘れていた。

鹿児島大学におつとめの旧友ヤナガワ先生に呼ばれて、鹿児島大学が採択された教育GPの一環として、キャリア教育について一席おうかがいしたのである。

キャリア教育については、もし「労働のモチベーション」をほんとうに上げようと望むなら、「自己利益の追求」という動機を強化しても得るところはない、と私は考えている。その話をする。

「仕事」には「私の仕事」と「あなたの仕事」のほかに「誰の仕事でもない仕事」というものがある。そして、「誰の仕事でもない仕事は私の仕事である」という考え方をする人のことを「働くモチベーションがある人」と呼ぶのである。

道ばたに空き缶が落ちている。誰が捨てたかしらないけれど、これを拾って、自前のゴミ袋に入れて、「缶・びんのゴミの日」に出すのは「この空き缶を見つけた私の仕事である」というふうに自然に考えることのできる人間のことを「働くモチベーションがある人」と呼ぶ。

別に私は道徳訓話をしているのではない。

私が知る限り、「仕事のできる人」というのは、例外なく全員「そういう人」だからである。ビジネスの現場において、「私の仕事」と「あなたの仕事」の隙間に「誰の仕事でもない仕事」が発生する。

これは「誰の仕事でもない」わけであるから、もちろん私がそれをニグレクトしても、誰からも責任を問われることはない。しかし、現にそこに「誰かがやらないと片付かない仕事」が発生した。誰もそれを片付けなければ、それは片付かない。そのまましだいに増殖し、周囲を浸食し、やがてシステム全体を脅かすような災厄の芽となる可能性がある。

災厄は「芽のうちに摘んでおく」方が巨大化してから対処するよりずっと手間がかからない。

共同体における相互支援というのは要するに「おせっかい」ということである。最初に「災厄の芽」をみつけてしまった人間がそれを片付ける。

誰もが「自分の仕事」だと思わない仕事は「自分の仕事」である、そう考えるのが労働の基本ルールである。

たぶん私の言葉は現代日本人の多くには理解できないだろう。

労働者の多くと左派知識人は「できるだけ自分の仕事を軽減することが労働者の権利

である」という硬直した思考にしがみついている。私は実際にそう公言した人間に（大学の教師の中で）たくさん出会った。

彼らはこんなふうに考えていた。

自分は「収奪された労働者」であるから、「労働者を収奪するシステムがクラッシュしても、それは労働者の責任ではない。むしろ、労働者を収奪するシステムの瓦解を加速するという仕方で、私は革命的に行動しているとさえ言えるのである」。そんなロジックで彼ら彼女らは自身の怠業を正当化していた。

ほんとの話である。

私が助手として勤務していたある大学の研究室では、教員たちは（たぶん一〇年くらい）研究室の掃除を一度もしていなかった。自分の机のまわりくらいは片付けたかもしれないが、公共スペースはゴミだらけだった。

それは私の仕事ではない、と彼らは言った。そのようなことのために給料をもらっているのではない、と。

その通りである。

でも、私は助手になって最初に公共スペースの掃除をした。私は意外なことにわりときれい好きだからである。

研究室を片付けるのに五日ほどかかった。ものすごい汚れ方だった。さまざまなゴミが詰まっていて使用不能になっていた演習室が一つあり、それを片付けるのにも三日かかった。

たしかにそれは「私の仕事」ではなかったし、誰も私にそんなことは要求しなかった。けれども、汚れはすでに研究室の日常業務そのものを浸食し始めていたのである。しかし、専任教員のひとりとして「ここを掃除しないか」とは言い出さなかった。

もしかすると、彼らはこんなふうに研究環境が日々劣化してゆくことを座視することで、自分たちの労働環境がどれほど劣悪なものであるか、自分たちがどれほど非道に収奪された労働者であるかを目に見えるかたちで人々に示したかったのかもしれない。

だから、私が部屋をきれいにしたことに率直に「きれいになったね」とか「ありがとう」と言ってくれた人はほとんどいなかった。

同僚の助手などはあからさまに不快そうな顔をした。私のボランティア的清掃活動はその助手が在任中これまで環境美化のために何もしなかったことへの迂回的な告発だととったのである。

ある職場では、着任と同時に、先輩から「できるだけ仕事しないでください」と頼まれたこともある。「あなたがあまり働くと、私たちがまるで働いていないみたいに見えるから」

ほんとうである。

考えてみれば当然だが、「政治的に正しい」人たちは「よけいな仕事」をしたがらない。「誰の責任でもない仕事」をさくさくと片付けたせいでシステムの不調が前景化しないと、彼らの「世の中間違っている」という主張が裏付けられないからである。だから、「誰のものでもない仕事」を「あ、オレがそれやっとくわ」というふうに片付けてしまう「おせっかい」を彼ら彼女らは快く思わない。

私はあらゆるタイプの「政治的に正しい人」から嫌われるけれども、その一因は私が「ついゴミを拾ってしまう」人間であることに由来する。

私のような人間ばかりであると、社会はどれほど制度設計がろくでもないものであっても「けっこう住みやすく」なってしまう。だから、「私たちの社会は根本的改革を必要とするほどに病んでいる」という事実を立証したいと思う社会理論家たちは、目の前にある「災厄の芽」を摘むことで、矛盾の露呈を先送りし、社会の崩落を防ごうとする人間をしだいに憎むようになるのである。

自己利益だけを追求する人々と、社会の根本的改革を望む「政治的に正しい」人々は、どちらも「おせっかい」なことをせず、私たちの社会をシステムクラッシュに（意識的であれ無意識的にであれ）向かわせる。

その間で「お掃除する人」は孤立している。

けれども、「災厄は先送りせねばならない」ということと「災厄の芽は気づいた人間が摘まなければならない」ということが私たちの社会の常識に再度登録されるまで、私は同じことを執拗に繰り返さねばならない。

（二〇〇八年　一二月二〇日）

新学期のご挨拶

二〇〇七年度の新学期が始まる。岡田山に来て一八回目の新学期である。新メンバーで部長会に出てから、最初の三年生のゼミがある。新顔の一五名のゼミ生たちにご挨拶をする。

内田ゼミにようこそ。

本日は初日であるので、このゼミではどんなことをやるのかについてご説明しよう。

このゼミは「知識」を得るためのものではない。

「知識」というのは基本的に一問一答のクイズ形式でフォーマットされている。

「タイ・カップの最高打率は？」「0・420」

「ニール・ヤング、ジム・キャリー、マイク・マイヤーズ。共通点は？」「カナダ人」

というふうに。

しかし、実際に人生の岐路でそういうクイズ形式の問いを差し向けられるということは起こらない。実際に人生の岐路（めいたところ）で私たちが遭遇するのは「答えがもともとない問い」と「答えがまだ知られていない問い」だけである。

「答えがもともとない問い」というのは問いに対してどのように答えてもすべて「誤答」として処理される問いのことである。

そんなものがあるものかと思われるかもしれないが、正答できない人間を出口のないところに追い込んで傷つけるためにこの問いは広く活用されている。

野球チームの監督がうなだれているナイン相手に問うている「どうして負けたんだ?」というような問いがそれである（この問いにうっかり「練習不足でした」などと正答してしまうと「どうして負けるとわかっていて練習をしなかったのだ?」ともっと答えにくい問いを引き出してしまう）。

あるいは別れ話を持ち出したときに彼女から「私のどこが気に入らないの?」と訊かれた場合もそうである。この問いにうっかり「狭量で邪悪だから」などと正答してしまうと答え通りの展開になるので、ふつうは無言で耐えることになっている。でも、「おまえの『そういうとこ』がキライなんだよ」というふうに問題をすりかえる術を知っている賢い人もいる。これだと相手が「『そういう』とこって、どこなの?」と重ねて訊いても「『そういうとこ』って、そういうとこだよ」とイラツキながら、席を立つタイミングを発見できるのである。

こういう「答えのない問い」に対しては、今申し上げたように個別的な一問一答で答えを暗記してもしょうがない。「術」を以て応じるしかない。

この場合の「術」は、「ひとはどのような文脈において『答えのない問い』を発するのか？」というふうに問いの次数を一つ繰り上げるのである。

それなら、答えは簡単だ。

ひとが「答えのない問い」を差し向けるのは、相手を「『ここ』から逃げ出せないようにするため」である。

だから、多くの場合、「答えのない問い」は相手に対して権威的立場を保持し続けたい人、相手を自分の身近に縛り付けておきたい人が口にする。それゆえ、この場合の正解は（「お前の『そういうとこ』がキライなの」と言った男がしたように）可及的すみやかにその場から逃げ出すことなのである。

もうひとつ、私たちが遭遇するものとして「答えがまだ知られていない問い」がある。問いを差し向ける人もその問いの答えを知らないし、その答えを相手からいますぐ即答されるとも期待していない。

「愛って、何かしら？」

「大人になるって、どういうことなんだろう？」

「この子が大きくなるころには世界は平和になってるかしら？」

というような問いは即答を求めて発されるわけではない。

そういう問いに対しては、「さあ、どうなんだろうね？」と少し傾けた笑顔を向けてから、ふたりで朝日（夕日でも可）に向かって眩しそうに瞬きするのが長者の風儀である。

これは、「答えをふたりでいっしょに探そうね」というのが「答え」であるような問いだからである。

ことほどさように、われわれが実生活で遭遇する問いは一問一答形式で記憶することができるほど単純なものではないのである。

このゼミでは、このようなさまざまな「答え方がわからない問い」にどのように対応するのかをお教えする。

諸君が私に問いを向ける。私がそれにお答えする。

私ども大学教師はあらゆる問いに即答することができる。

その答えを知らない問いについても、そのような問いが存在することが知られていない問いにさえ即答することができる。

なぜ、そんなことができるのか？

知識があるからではないよ。

だって、「答えを知らない問い」にだって答えちゃうのだから、知識に依拠することはできぬ。

では、何に依拠するのか？

その答えを諸君は二年間私に就いて学ぶのである。
健闘を祈る。

（二〇〇七年　四月一〇日）

「内向き」で何か問題でも？

先日、苅谷剛彦さんと対談したときに、日本のように国内に母語の十分なリテラシーをもつ読者が一億以上というような出版市場をもつ国は世界にほとんど存在しない、ということを指摘していただいた。

ほんとにそうだよなと思う。

「国内に母語の十分なリテラシーをもつ読者が一億以上」いるということは、言い換えると、日本語を解する読者だけを想定して著作や出版をやっていても食えるということである。

日本人が「内向き」なのは、要するに「内向きでも飯が食える」からである。

「外向き」じゃないと飯が食えないというのは国内市場が小さすぎるか、制度設計が「外向き」になっているか、どちらかである。

どうしてそんなことを考えたかというと、テレビの政治討論番組で「フィンランドに学ぶ」という特集をしているのを横目で見ていたからである。

フィンランドはノキアという携帯電話のシェア世界一のブランドを有している。どうしてそういうことになったかというと、ノキアは「はじめから世界標準をめざしていた」からである、というのが識者のご説明であった。それに比べて日本のメーカーは国内市場オリエンテッドな商品開発をしているから国際競争に後れを取るのだと叱責していた。

それはちょっと考え方が違うのではないかと私は思う。

フィンランドは人口五二〇万人である。兵庫県（五六〇万）より小さい。

兵庫県のメーカーがもし大阪でも岡山でも使えない「兵庫県仕様」の機械製品を作っていたら、それはたいへん愚かなことであるということは誰にでもわかる。「兵庫県でしか使えない機械」を作る手間暇と「大阪や岡山でも使える機械」を作る手間暇がほとんど変わらないときに、わざわざ市場を制約する人間はいない。

ノキアが「世界標準をめざして製品開発した」のは誰でもわかるとおり「国内市場限定で製品開発したのでは、投下資本が回収できないから」である。フィンランドの企業が「フィンランド国内市場限定」で商品開発している限り、フィンランド最大の企業でも「甲南みそ漬け」や「芦屋ラーメン」の企業規模を超えることはできぬであろう。だから、彼らが国内仕様を世界標準と合わせるのは当たり前である。

日本はまるで事情が違う。

日本には巨大な国内市場がある。国内市場限定で製品開発しても、売れればちゃんともとがとれる規模の市場が存在する。世界標準で製品開発するのと、国内限定で製品開発するのでは、コストがぜんぜん違う。

これは例外的に幸運なことなのである。その事態がどうして「内向きでよくない」というふうに総括されて、誰も彼もが「そうだそうだ」と頷くのか、私にはその方が理解できないのである。

いいじゃないですか、国内仕様で飯が食えるなら。

国の規模という量的ファクターを勘定に入れ忘れて国家を論じることの不適切であることを私はこれまで繰り返し指摘してきた。

例えば、中国は現在あまり適切な仕方では統治されていない。だが、この国は人口一四億である。五五の少数民族を擁し、少数民族だけで人口一億四〇〇〇万人いる。それだけで日本の人口より多いのである。それが「日本と同じように統治されていない」ことをあげつらうのは意味のないことである。

中国の統治制度を非とするなら、それに代わるどのような統治制度がありうるのか、せめてその代案について数分間考える程度の努力をしてからでも遅くはないのではないか。

フィンランドが現在たいへん好調に統治されていることを私は喜んで認める。けれども、その好調の重要な要素が「人口が少ない」ということであることを見落とすわけにはゆかない。

もし、兵庫県が「鎖県」して、兵庫県民の納めた税金ですべてのシステムが運営されていた場合には県民たちのタックスペイヤーとしての当事者意識はきわめて高いものになるであろう。かりに「独立兵庫県」が「高福祉高負担」を政策として掲げた場合には、税金がどのように使われているか、県民の検証はきわめてきびしいものになるであろうし、高負担にふさわしいだけの福祉制度の充実が目に見えるかたちで示されれば、県民たちは黙って負担に耐えるであろう。

国が小さければいろいろなものが目に見える。国が大きくなるといろいろなものが見えなくなる。

当たり前のことである。

だから、小国には「小国の制度」があり、大国には「大国の制度」がある。「小国」では「いろいろなものを勘定に入れて、さじ加減を案分する」という統治手法が可能であり、大国ではそんな面倒なことはできない。だから、大国では「シンプルで誰にでもわかる国民統合の物語」をたえず過剰に服用する必要が出てくる。小国が「したたか」になり、大国が「イデオロギッシュ」になるのは建国理念の問題や為政者の資質の問題ではなく、もっぱら「サイズの問題」なのである。

「日本の問題」とされるもののうちのかなりの部分は「日本に固有の地政学的地位および地理学的位置および人口数」の関数である。ということは、日本とそれらの条件をまったく同じにする他国と比較する以外に、私たちが採択している「問題解決の仕方」が適切であるかどうかは検証できないのである。「日本と地政学的地位も地理学的位置も人口数も違う国」で採用したソリューションの成功と比較することにはほとんど意味がない。

にもかかわらず、相変わらず識者たちは「アメリカではこうである」「ドイツではこうである」「フィンランドではこうである」というような個別的事例の成功例を挙げて、それを模倣しないことに日本の問題の原因はあるという語り口を放棄しない。

たしかほんの二年ほど前までは「アメリカではこうである」ということがビジネスモデルとしては「正解」だったはずであり、その当時、かのテレビ番組に出ていた識者たちも口々に「アメリカのようにしていないことが日本がダメな所以である」と口から唾を飛ばして論じていたかに記憶している。その発言の事後検証については、どなたもあまり興味がなさそうである。

しかし、「自分の判断の失敗を事後検証すること」こそ「今採用している問題解決の仕方とは別の仕方を採用した場合には何が起きたかというシミュレーション」の好個の機会である。その機会を活用されないで、いつ彼らはその知性のたしかさを証明するつもりなのであろう。

興味深いのは、この「日本と比較しても意味がない他国の成功事例」を「世界標準」として仰ぎ見、それにキャッチアップすることを絶えず「使命」として感じてしまうという「辺境人マインド」こそが徹底的に「日本人的」なものであり、そのことへの無自覚こそがしばしば「日本の失敗」の原因となっているという事実を彼らが組織的に見落としている点である。

こうも立て続けに日本の選択が失敗しているというのがほんとうなら、「日本の選択の失敗」のうちには「日本の選択の失敗について論じる言説そのものの不具合」が含まれているのではないかという懐疑が兆してよいはずである。

ある人が、立て続けに人生上の選択に失敗していたとしたら、私たちはその理由を彼が「成功した誰かの直近の事例をそのつど真似していないこと」にではなく、むしろ「彼の選択の仕方そのものに内在する問題点」のうちに求めるであろう。ふつう私たちがバカなのは、私たちが「りこうの真似をしていない」からではなく、端的に私たちがバカだからである。そう考えてはじめて「私たちの愚かさの構造」についての吟味が始まる。

別に私は識者たちの知性の不具合を難じているのではない。

個人レベルではできることが国家レベルではできないということはそれが、それこそが「日本の問題」だからである。私たちがうまく問題を解決できないのは、私たちの問題の立て方が間違っているからである。

「日本の問題」のかなりの部分は「サイズの問題」に帰すことができると私は考えている。

だが、日本は他国と「サイズが違う」ということはあまりに自明であり（小学生でも知っている）、そのような周知のことが理由で「日本問題」が起きているということは専門的知識人たちには許容し難いことなのである。だから、彼らはそのような単純なことが「日本問題」の原因であることを認めようとしない。

でも、残念ながら、実はそうなのである。

例えば、私自身は「生きる日本問題」である。私の思考の仕方そのものが「端的に日本人的」だからである。私の考えていることの八七％くらいは「日本人だから、こんなふうに考える」のであり、私がウランバートルや平壌やブロンクスで生まれていれば、絶対に「こんなふう」には考えていない。

そして、私が「こんなふう」に書くのは、私が「日本語が通じるマーケットに通じれば十分」だと思っているからである。

だって、そこだけで一億三〇〇〇万いるんだから。

私が幕末や明治の人の逸話を録するのも、六〇年代ポップスの話をするのも、こうやって正月テレビ番組の話をするのも、「それを（一部想像的に）共有している数万の読者」を想定できるからである。その数万の読者のうちの一〇%でも定期的に私の著書を購入してくれるのであれば、私は死ぬまで本を書き続け、それで飯を食うことができる。「たずきの道」ということに関して言えば、私にはぜんぜん世界標準をめざす必要がないのである。「おまえの言うことはさっぱりわからんね」とアメリカ人にいわれようと中国人にいわれようとブラジル人にいわれようと、私はI don't careである。外国人に何を言われようと「明日の米びつの心配をしなくてよい」ということが私のライティングスタイルを決定的に規定している。

しかし、今の日本のメディアを見る限り、自分が一〇〇%国内仕様のライティングスタイルを採用しているということをそのつど念頭に置いて書いている人は多くない（ほとんどいない、と申し上げてもよろしいであろう）。

中には「英語で発信すれば世界標準になる」と思って、「私はこれから英語でしか書かない」というようなとんちんかんなことを言う人もいる。

だが、世界仕様というのは、ノキアの例から知れるように、平たく言えば「世界市場に進出しなければ飯が食えない」という切迫のことである。

「私はこれから英語で発信して、世界標準の知識人になるのだ」という当の言明を日本語で発信して、日本の読者たちに「わあ、すごい」と思わせて、ドメスティックな威信を高めることを喜んでいる人間は、夫子ご自身の思惑とは裏腹に、頭の先からつま先まで国内仕様の人なのである。

帝国主義国家が植民地獲得に進出して、よその人々を斬り従えたのも、「世界市場に進出しなければ飯が食えない」という切迫に彼らが（根拠もなく）煽り立てられていたからである。

人間たちが「外向き」になったことで人類が幸福になったのかどうか、まだ判定するには早すぎるのではないかと私は思っている。

「家にいてもたのしく飯が食える人間」は「世界標準仕様」になる必要がない。そして、私は「家にいてもたのしく飯が食えるなら、どうして寒空に外に出て行く必要があるものか」とこたつにはいって蜜柑を食べている人間である。

「内向き」が繰り返し問題とされるのは、「内向き」では飯が食えないビジネスモデルを標準仕様にしたからである。「外向き」になるにはアメリカにはアメリカの、フィンランドにはフィンランドのそれぞれの「お国の事情」というものがある。その切ない事情についてはご配慮して差し上げるべきであろう。だが、わが日本にはせっかく世界でも希なる「内向きでも飯が食えるだけの国内市場」があるのである。そこでちまちまと「小商い」をしていても飯が食えるなら、それでいいじゃないか。

二〇〇九年はたぶん日本は「内向きシフト」に舵を切るようになると私は推察している。でも、「内向きシフト」は「みなさん、これからは内向きになりましょう、さあ、ご一緒に！」というような元気一杯なものではない。「私は内向きに生きますけど、みなさんはどうぞご自由に」というのが「内向きの骨法」である。

追伸：と書いてアップしてから平川くんのブログを見たら、「内向き礼賛」というタイトルが掲げてあった。

お正月の賀詞交換のときに、「『内向き』でいいじゃないか、ねえ」と平川くんと怪気炎を上げたのであるが、ちゃんとこうやってふたりで同じテーマで、ちょっとだけ違うことを書いている。

併せてお読みいただければ、私の言いたいことはさらによくご理解いただけるでありましょう。

（二〇〇九年　一月五日）

Let's downsize

久しぶりに平川くんが遊びに来て泊まっていったので、朝ご飯を食べながら、日本の経済の現況とゆくえについて平川くんの見通しを聴いてみた。

中小企業の窮状は予想以上のものらしい。大企業の生産調整のしわよせを押しつけられた下請けでは前年度比三〇％の減収というようなのは当たり前だそうである。彼の周囲でもばたばたと倒産が続いている。

アメリカン・モデルが崩壊した以上、このあと世界は多極化と縮小均衡の局面を迎えるという予測については私も同意見である。

日本社会がこれから採用する基本戦略は「ダウンサイジング」である。

平川くんのリナックスカフェではこのところ「企業のダウンサイジング支援」というのが主力のサービスだそうである。巨大なオフィスを引き払って狭いオフィスに移り、ネットワークを簡略化し、商いのスケールを縮めるためのノウハウを「教えてください」とお客が列をなす時代なのである。

企業は「縮む」ということについてノウハウを持っていない。

ひさしく資本主義企業は「巨大化する」か「つぶれる」かの二者択一であり、「現状維持」とか「ダウンサイジングによる安定の回復」ということは経営者のオプションには含まれていなかったからである。

彼らが「ダウンサイジング」というときに想像するのは、「労賃の切り下げ」とか「レイオフ」とか「非正規雇用への切り替え」といった雇用調整戦略か、「別社化」や「アウトソーシング」による採算不芳部門の切り離しか、下請けや仕入れ先からの「コストカット」などのハードな戦略だけである。

体力のある部分だけが生き残り、ないところは死ぬ。勝つものがすべてを取り、負けるものはすべてを失う。ホッブズのいう「万人が万人にとって狼である。万人が万人と闘争する」自然状態への逆戻りしか「縮む」という言葉から思いつかないのがグローバリスト的ビジネスマンである。

彼らはパンの総量が減ったときには、「他人の口からパンを奪い取らないと生きていけない」と考える。彼らは「自分の食べるパンの量を減らしても快適に生きていける方法」という選択肢が存在することをたぶん生まれてから一度も想像したことがないのである。

例えば、「少子化問題」というのは幻想的なかたちでしか存在しない。

「人口が右肩上がりで増え続けることを想定して作られたビジネスモデル以外の生存戦

略はありえない」と信じている人間の脳内だけに「少子化問題」は存在する。もし一億三〇〇〇万人の人口が維持できなければ国が滅びるなら、とうに日本は存在していないであろう（江戸時代の人口は三〇〇〇万人、明治四〇年でも五〇〇〇万人だったのだから）。

「少子化」問題は、それだけの頭数の人間が税金を払い、保険料を払わないと「現行の行政システム」が維持できないと思っている官僚と、それだけの頭数の消費者と労働者が確保できないと「現行のビジネスモデル」が維持できないと思っているビジネスマンの脳内だけに存在しており、それ以外の場所には存在しない。

「現行のシステム」を不可疑の前件にしてその上で考えるから、人口減は「少子化問題」に「見える」だけである。

前件を変えれば、人口減は「問題」ではなく、「ソリューション」である。

環境への負荷や食糧自給の観点から見れば、人口減は「最適ソリューション」以外のなにものでもない。どう考えても、地球上に六五億も人間がひしめいているのは「種として」危機的な徴候だからである。減らせるところから減らした方がいいに決まっている。

「自分の食べる分のパン」の量をあらかじめ決めており、それを「神聖不可侵」の権利だと信じている人間の眼にだけ市場の縮小は危機的なものに見える。けれども、「自分の食べる分のパン」を抑制する術を知っている人間にとっては市場の減少や人口減や経済活動の失速は「いつか見た風景」である。

かつて小さな市場、乏しい人口、ぱっとしない経済活動の下でも、私たちの父祖たちはそれなりに快適に威厳をもって社会生活を営んできた。どうして、私たちに限ってそれができないと断定できるのか。

経済条件の切り下げによって、人間はたちまちその矜持《きょうじ》を失い、生きる希望まで失うということがメディアでは「当然」のように語られる。失職した人間や労働条件を切り下げられた人間がどれほどみじめで、どれほど絶望的な状況になるかをメディアは毎日のようにこわばった筆致で報道している。

そうすることでメディアの諸君は何をなしとげようとしているのか。彼らを支援しているつもりなのだろうか。

私にはよくわからない。

よく人々は「一度生活レベルを上げると、下げることができない」という言葉を口にする。その言葉は実感の裏付けがあって言われているのか。

私は違うと思う。

一度も「生活レベルを下げる」という経験をしたことのない人間がそういうことを断言できるのは、「みんながそう言っている」からというだけのことである。「一度生活レベルを上げると、下げることができない」というのは資本主義市場が消費者の無意識に刷り込み続けてきた「妄想」である。そう信じているせいで、人々は給料が減ると、アイフルやプロミスから金を借りてまで「今の生活レベル」を維持しようとする。金を借りることを合理化できるのは、「いずれ給料が上がる」と（無根拠だとわかっていながら）信じたがっているからである。

そうやって市場における貨幣の流動性は高まり、商品取引は活性化し、その代償に人々は自己破産や夜逃げや自殺に追い込まれてゆく（同じロジックでサブプライムローンも破綻した）。

私はこれまで何度も「生活レベルを下げた」ことがある。仕事がなくなると収入が減る。収入の内側に生活レベルを下方修正する。同じ貧しい仲間たちと相互扶助、相互支援のネットワークを構築する。だから、私はどんなに貧乏なときも、きわめて愉快に過ごしてきた。

「今の生活レベル」などはいくらでも乱高下するものである。そんなことで一喜一憂するのはおろかなことだ。

自分の今の収入で賄える生活をする。それが生きる基本である。「ありもの」を使いのばし、「ありもの」で「要るもの」を作り置きしておいて、いざという rainy day に備える。

私たちはこれから窮乏の時代に入る。「右肩上がり以外の生存戦略は存在しない」と信じている人間が生き残ることのきわめて困難な時代に入る。

(二〇〇八年一一月一八日)

女性的資本主義について

『BRUTUS』の取材で、鈴木副編集長と橋本麻里さんが登場。

お題は「経済の本質は女に訊け」（仮題）。

とりあえず思いついた、「富の偏在」のもたらす資本主義の停滞と、「誇示的消費」と「享受的消費」の差異についてお話しする。

ご案内のとおり、日本社会では階層の二極化が急速に進行している。金のある人間のところにどんどん金が集まり、金がない人間のところからはどんどん金が失われてゆく。

これは日本だけの現象ではなく、世界的趨勢である。

富は偏在しつつある。

世界人口の一％の資産家が世界の富の四〇％を所有しており、日本はその中でも最も豊かな国で、一人当たり平均資産は世界一、資産家上位一％のうち二七％は日本に居住している。

「日本は豊か」と言われてもまるで実感がないという方々が多数おられるであろう。

その通りである。

それは世界の富が集中しているはずの日本国内において、富はさらに一部の階層に集中しているからである。私たちの生活実感は「日本人口の一％の資産家が日本の富の四〇％を所有しており、資産家上位一％の二七％が港区に居住している」というのに近い。これをグローバルスタンダードの成就としてにぎやかに寿いでよろしいのか。

私は「よろしくない」と思う。

たしかに一見すると貨幣の運動はたいへんに活発であるかのように仮象する。だが、貨幣は集中すると流動性を失う。

個人レベルで考えればわかる。

例えば私が年収二〇〇万で暮らしているときに一〇〇〇万円の臨時収入があったとする。これはまさに夢のような大金であり、私は「あれも買いたい、あれも食べたい」と具体的な欲望に身を焦がし、居ても立ってもいられずに財布を握り締めて街に飛び出すであろう。

しかし、年収二億円の人にとっての一〇億円の臨時収入はそれほど活発な消費活動を起動しない。というのは、その人は金で買えるようなモノはもうすべて持っているからである。一〇億円で買えるものといえばもう証券と不動産しか残っていない（これらは貨幣の特殊形態にすぎない）。

つまり、個人資産があるレベルを超えると「金で金を買う」以外にすることがなくなるのである。

大富豪は奢侈品に惜しげもなく大金を投じることがある。けれども、それが経済にもたらす効果は限定的なものにとどまる。

アラブの王族が一〇億円で自家用ジェット機を買ってハワイに飛び、五つ星ホテルを借り切ってひとり宴会をすることがもたらす経済波及効果は、一万人の日本人ツーリストが一〇万円の格安チケットでハワイツアーをした場合のそれに遠く及ばない（ホノルル国際空港の空港使用料収入に限って言えば一万分の一である）。そういうものである。

経済活動は個人資産が広い範囲に薄くばらけている方が活発になる。それゆえ、貧富の二極化を私は（人権的配慮よりはむしろ）穏健なる資本主義者としての観点から好ましからざるものと見ているのである。

二極化は「誇示的・記号的消費」と「享受的・実体的消費」の二元的対立という図式でとらえることもできる。

実体経済を支えているのは後者である。

誇示的消費（consommation ostentatrice）は「象徴価値」のある物品やサービスに投じられる。その目的はもっぱら階層格差を記号的に指示することであり、購入される商品の使用価値はほとんど顧慮されない（というか「使用価値ゼロ」の商品の方が象徴価値は高い）。

王侯貴族がたくさんの使用人や食客を寄生させているのは、彼らにさせる仕事があるからではなく、何も仕事がない人間を徒食させておくことが象徴価値を形成するからである。

一方、享受的消費（consommation jouisseuse）もまたその究極のかたちは（これまた不思議なことに）使用価値ゼロなのである。

それは消費されたあとにかたちを残さない。身体組成そのものが「享受したこと」によって変成するので、「モノ」としては残らないのである。

音楽を聴く、舞踊を見る、美術品を見る、美食を食する、温泉に浸かる、スキーをする……といった消費行動は享受的である。それは消費主体自身の細胞レベルでの快楽に捧げられた消費であり、その経験を通過したことによって消費主体は別人となるが、消費財それ自体は収蔵することもできないし、カタログ化することもできないし、記号的に誇示することもできない。

「いや〜、よいね〜」と嘆息するだけのことである。

享受的消費は誇示されない。むしろ「誰にも見られていないこと」によって快楽が昂進する場合が多い。だから、「享受している」姿を他者に誇示することで、階層格差の記号として功利的に利用しようとする人間のことを、私たちは「野暮」とか「スノッブ」とか呼称することになる。

ふつうの消費行動は「誇示型」と「享受型」の両方の性質を備えている。フェラーリでアウトバーンを疾駆するのは、半ば誇示的で、半ば享受的である。スカラ座のバルコニーでオペラを鑑賞するのも、半ば誇示的で、半ば享受的である。

しかし、享受的消費は「身体という限界」を有している。

どれほどの美食でも一日に五食も食えば、身体を壊す。フェラーリを運転できるのも最大一日二四時間までである。ぶっつづけで運転してもよいが、遠からず過労死するであろう。どれほど衣装道楽でも、着られるのは一度に一着だけである。一度に二着着ると『百年目』の番頭さんみたいになる。

実体経済というのは、「身体という限界」の範囲内でなされる消費活動をベースにした経済活動のことである。実体経済が空洞化しているというのは、消費活動における「身体という限界」の規制力が弱まっているということである。

女性の消費活動は濃密に「身体的」であり、ディスプレイ上に表示される電磁パルスの数値を見て極快感を得ることのできる女性はあまりいない。女性に「引きこもり」が少ないことはつとに指摘されているが、それはおそらくコンピュータのディスプレイ上のデジタルな数値変化を「現実的快感」に読み替える能力が女性では男性ほどには発達していないからであろう。彼女たちはどれほど記号的であっても、せいぜい宝石とか毛皮とか香水とかドレスとか「手で触れることのできるもの」を要求し、「債券」に印字された数字を見てぐふふとよだれを垂らす女性を想像することはむずかしい。

しかるに現代の消費の過半は誇示的＝記号的なものになってしまっている（そこで消費される金額が桁外れだからである）。

その一方で、享受型消費は今ほぼ完全に女性ジェンダー化している。バレーでも歌舞伎でも演劇でも映画でも温泉でも花見でも、どこに行っても、いるのは女の方々ばかりである。男たちはもうこのような享受型消費財に対する欲望をほとんど失ってしまったかのようである。

消費活動の性的二極化もまた進行している。

困ったことである。

経済政策の基本として私がご提言したいのは、とにかく「富の偏在」を是正して、できるだけ多くの人々に「使いでのある小銭」というかたちで貨幣が流通するようにすること、そして誇示型消費を抑制して、できるだけ享受型消費（現在女性たちがなされているような）に軸足を移すことである。

誇示から享受へ。幻想から等身大へ。

それが「日本の行く道」であるように私には思われるのである。

（二〇〇八年　二月一二日）

原則的であることについて

原則として「ことに臨んでは無原則に対応する」ことにしている。

原則的にふるまうのはよいことであると言われるけれど、これは半真理であり、取り扱いに注意がいる。というのは、原則的であることが必須である局面があり、原則的ではない方がよい局面があるからである。

その見極めがむずかしい。

例えば、親は子どもに対して原則的に対応しなければならない。

無原則な親は子どもにとってたいへん迷惑な存在だからである。

あるふるまいを昨日は叱り、今日はほめ、明日は無視するというふうな態度を続けると、子どもは社会性の獲得に支障を来す（統合失調の素因になるとベイトソンは論じている）。子どもに対しては原則的に対応した方が、子どもは成長しやすい。そういう親の方が「乗り越えやすい」からである。親の立てる原則の無根拠や理不尽をひとつだけ指摘すれば、もう親を乗り越えた気になれる。

それでよいのである。

親はそのためにいるのだから。

けれども、教師はつねに原則的である必要はない。できるだけ遠くまで子どもをひっぱってゆき、次の教師に「パス」するのが教師の仕事である。そのためには過度に原則的でない方がよい。

「先生、昨日と言うことが違うじゃないですか」と子どもが口をとがらせても、「昨日は昨日だ」で済ませるのが教師の骨法である。

さらにその上位の「老師」というような格になると、もう原則もへったくれもない。弟子が老師の推論形式について適用しようとするすべてのルールを軽々と踏みにじるのが仕事である。

というふうに原則の適用は「原則的」には運用されないのである。どのような遂行的な効果を期待するかによって、原則は伸縮自在である。相手が幼児的な段階にあるときは原則的にふるまい、相手がある程度成長してきたら、無原則をまじえ、相手が十分に成長してきたら、無原則に応じる。

そういうものである。

ここまでの理路はおおかたの人には経験的に納得いただけることと思う。納得しない方もいるかもしれないが、その方にとっては以下の話はさらに納得しがたいであろうから、ここで読むのを止めておうちに帰ってくださって結構である。

ここからがいささかややこしい話になる。

人間は自分に対しても原則を立てる。

「原則を立てる私」と「原則を適用されて言動を律される私」に二極化するという芸当が私たちにはできる。そして、自分自身のために立てた原則はどのような外在的な規範よりも拘束力が強い。

「プリンシプルのある人間」という評言が、表面的にはほめ言葉でありながら、ある種の皮肉を含んでいるのはそのせいである。きびしい原則を立てて自分を律している人間は、それと気づかぬうちに自分を「幼児」とみなしていることを私たちは無意識に察知している。その人は、自分自身のうちで擬制的に「親と子」を二極化して、理想我としての「親」によって、現実の幼児的な自我を「訓導」させようとしている。

これは効率的には悪い方法ではない。

しかし、難点は現実の親子と違って、この場合は「親」も「子」も同一人物だということである。

理想我であるところの「私＝親」は「私＝子ども」に乗り越えられることをはげしく拒否する。

そこが現実と違う。

現実の親は子どもにできるだけ早く「乗り越えられる」ことを実は期待しているから

である。だからこそ、シンプルで「一見合理的」な原則を立てて、子どもに接するのである。その方が早い段階で子どもが「親を乗り越えた」と思ってくれるからである。親をさくさくと乗り越えてもらわないと「パス」が次に繋がらない。

親は教師にはなれないし、なろうとしてはいけない。親が立てる「シンプルで一見合理的」な原則は子どもにも反証を列挙できるほどに実は底が浅いのである。子どもが乗り越えやすいように、わざとそういうしつらえにしてあるのである。親がどんどんハードルを高くしては、子どもは成長できなくなる。

親の仕事はハードルを適当な高さに設定して、「とりあえず、ハードルをクリアーした」という体感を子どもに経験させることである。

ところが、この「子どもに乗り越えられる親の仕事」を「プリンシプルのある人」は容易に引き受けることができない。

だって、彼らにおいては、「子どもである私」を訓導する「親である私」こそがアイデンティティの本籍地だからである。「プリンシプルのある人」はあらゆる手立てを用いて、「子どもである私」を「親である私」が立てた原則に従わせようとする。

たしかに、原則の要求レベルが高い場合はそれが教育的に機能することもある。けれども、それが十分教育的に機能した場合に、シンプルで「一見合理的」なその原則の「底の浅さ」にやがて自分自身で気がつくようになる。

「私は自分自身に高い要求をつきつけて、それをクリアーしていることで成長している気になっているが、この『要求をつきつけるもの』や『成長の度合いを査定しているもの』の判断の妥当性はいったい誰が、どのようにして担保しているのか？」という問いに必然的に遭遇するからである。

自分で立てたルールの拘束力が成長を妨げる方向に機能するのは、このような場合である。

「ブレークスルー」というのは「自分はまだ十分に知識や能力がない」という無能の自覚で終わるのではない。その「無能の自覚」をさらに高みから眺めて「おお、結構なことじゃないか」と満足顔をしている「わがうちなる査定者」の下す査定の妥当性に対する懐疑にまで及ぶのである。

自分の無知や無能を認めることは、「よくある向上心」にすぎない。「ブレークスルー」は「向上心」とは次元が違う。自分自身が良否の判定基準としている原則そのものの妥当性が信じられなくなるというのが「ブレークスルー」である。

ところが、「原則的な人」はこのような経験を受け容れることができない。

自分が立てた原則に基づいて自分自身を鞭打ち、罵倒し、冷酷に断罪することにはずいぶん熱心だが、その強権的な原則そのものの妥当性については検証しようとしない。原則の妥当性を検証する次元があるのではないかということに思い及ばない。それが

「原則的な人」の陥るピットフォールである。

そのようにして「原則的な人」はしばしば全力を尽くして自分自身を「幼児」段階に釘付けにしてしまう。

小成は大成を妨げるというのは甲野先生のよく言われることであるが、それはほんとうで、局所的に機能する方法の汎通性を私たちは過大評価する傾向にある。「原則的に生きる人」はある段階までは順調に自己教化・自己啓発に成功するが、ある段階を過ぎると必ず自閉的になる。

そして、どうしてそうなるのか、その理路が本人にはわからない。

これだけ努力して、これだけ知識や技能を身につけ、これだけ禁欲的に自己制御しているのに、どうして成長が止まってしまったのか。それがわからない。だから、ますます努力し、ますます多くの知識や技能を身につけ、ますます自己制御の度合いを強めてゆく。

そして、知識があり、技能があり、言うことがつねに理路整然とした「幼児」が出来上がる。

若い頃にはなかなか練れた人だったのだが、中年過ぎになると、手の付けられないほど狭量な人になったという事例を私たちは山のように知っている。彼らは怠慢ゆえにそうなったのではなく、青年期の努力の仕方をひたすら延長することによってそうなったのである。

これを周囲の人の忠告や提言によって改めることはほとんど絶望的に困難である。本人が自覚するということも期しがたい。

そういう人を見たら、私は静かに肩をすくめて立ち去ることにしている。

けれども、たまに相手をすることもある（なにしろ無原則だから）。

（二〇〇八年　四月七日）

第五章

愛神愛隣

共生の時代に向かって

あなたの隣人を愛するように、あなた自身を愛しなさい

卒業式。

本学の学院標語のもとになった聖書マタイ伝の聖句を入学式、卒業式とあわせて一六回拝読してきたが、これが最後。

不思議なもので、クリスチャンではない私でも聖書の同一箇所を四年にわたり一六回も朗々と読み上げていると、聖句の深みが身にしみてくる。けだし儀礼の効用というべきか。

マタイ伝二二章三四節から四〇節とは次のような聖句である。

ファリサイ派の人々は、イエスがサドカイ派の人々を言いこめられたと聞いて一緒に集まった。その中のひとり、律法の専門家が、イエスをためそうとしてたずねた。「先生、律法の中で、どの掟がもっとも大切でしょうか」。イエスは言われた、「『心を尽くし、精神を尽くし、思いを尽くして、あなたの神である主を愛しなさい』。これがもっとも大切な第一の掟である。第二の掟もこれと同じように大切である。『自分

を愛するようにあなたの隣人を愛しなさい』。律法全体と預言者はこの二つの掟に基づいている」。

現行の日本聖書刊行会の口語訳と私が読み上げる聖書の訳語は少し違っているようであるし、聖句もうろおぼえであるが、まあ、だいたいこんな感じである。

「愛神愛隣」というのが神戸女学院の学院標語である。

「神を愛し、隣人を愛す」

簡単な言葉のようだが、これは実に解釈の困難な聖句なのである。

この聖句自体はイエスのオリジナルではなく、ユダヤ教のラビたちによって古代から連綿と伝えられた口承である（と飯謙先生に以前教えていただいたことがある）。

「自分を愛するようにあなたの隣人を愛しなさい」という聖句をふつう私たちは「自分を愛することは容易であるが、隣人を愛することは困難である」と解する。私たちは「自分を愛する仕方」は熟知しているが、「隣人を愛する仕方」はよく知らない、と。

だが、それはほんとうだろうか。

私たちは自分を愛する仕方を熟知していると言えるであろうか。

例えば、私たちの国では年間三万人を越える人々が自殺をしている。彼らは「自分を愛している」と言えるだろうか。

家族の愛や友人から信頼を失って、「こんな私に生きている価値はない」と判断して自殺する人がいたとする。その人の場合、「こんな私に生きる価値はない」と判断した「私」とその「私」によって死刑を宣告された「私」の二つの「私」のどちらが「ほんとうの私」なのであろう。

それほど極端な例をとらなくても、「自己卑下」や「自己嫌悪」は私たちにとって日常茶飯事である。

そもそも向上心というもの自体が「今の私では満足できない」、「私自身をうまく愛せない」という事実から推力を得ているとは言えまいか。

だから、もし「社会的上昇」や「他者からの敬意」を努力目標にすることが万人にとって「よいこと」であるというのがほんとうなら、私たちは隣人に対しても「もっと自分を嫌いになれ」と勧奨すべきだということになる。

論理的にはそうなる。

そして、隣人が自分自身を嫌いになるためにいちばん効果的な方法は「現に私はお前が嫌いだ」と言ってあげることである。

そうですよね。

人から「愛している」と言われて、「このままではいけない」と生き方を改める人間はあまりいない。でも、人から「嫌い」と言われたら、よほど愚鈍な人間以外は、すこしは反省して、生き方を変える機会を求める。

だから、隣人たちの向上心を沸き立たせ、彼らが自己超克の努力に励み、ついには「自分探しの旅」に旅立てるように仕向けるためには、隣人に向かって、「お前なんか嫌いだ」と言ってあげることはきわめて有効なのである。現に私たちは日々そうしている。気がついていないだけで。

だから、まわりを見まわしても、「自分を愛する」仕方を自然に身につけている人は少ない。それよりは権力や威信や財貨や知識や技芸によって、「他人から承認され、尊敬され、畏怖される」という迂回的なしかたでしか自分を愛することのできない人間の方がずっと多い。だが、「他人から承認され、尊敬され、畏怖される」ほどのリソースを所有している人間はごく少数にすぎない。

だから、結局、この社会のほとんどの人間はうまく自分を愛することができないでいるのである。

資本主義市場経済というのは「私はビンボーだ」という自己評価の上に成立している。「私が所有すべきであるにもかかわらず所有していないもの」への欲望に灼かれることでしか消費行動はドライブされないからである。

同じように、高度情報社会も格差社会も知識基盤社会も、どれも「私は今のままの私を愛せない」という自己評価の上に成立している。

「私は私によって愛されるに足るほどの人間ではない」という自己評価の低さによって私たちは競争に勝ち、階層をはいのぼり、リソースを貯め込むようになる。

私たちが私たちを愛せないのは、私たちのせいではなくて、社会的なしくみがそうなっているから当然なのである。

麻生首相は先日の記者会見で「子どもの頃からあまり人に好かれなかった」とカミングアウトしていた。私はこれは「正直」な告白ではあるが、「事実」の一部しか語っていないと思う。

人に好かれなかった以上に、彼は「自分が嫌い」だったのである。

「こんな自分が他者から愛されるはずがない」という自己評価の切り下げを推力にして、彼は向上心にエネルギーを備給し続け、ついに位人臣をきわめた。

彼は現代的な人間形成プロセスのわかりやすい成功例だと私は思う。

彼がこれほどメディアで叩かれながら、少しもひるまないのは、どんなメディアの記者も「麻生太郎が嫌い」という点において麻生太郎に及ばないからである。

閑話休題。

私たちの生きている時代は「自分を愛すること」がきわめて困難な時代である。自分を愛することができない人間が「自分を愛するように隣人を愛する」ことができるであろうか。

私は懐疑的である。

マタイ伝の聖句には「主を愛すること」「私を愛すること」「隣人を愛すること」の三つのことが書かれている。

本学の学院標語は「愛神愛隣」のみを語り、「愛己」については言及していない。それは「愛己」が誰にでもできるほど容易なわざであるからではなく、その語の根源的な意味において「自分自身を愛している人間」がこの世界に存在しないことを古代の賢者はすでに察知していたからではないかと私は考えるのである。

というわけで、卒業に際して、卒業生のみなさまにひとこと「むまのはなむけ」とてタイトルのごとき一句を掲げたのである。

「人を愛すること」自体はそれほどむずかしいことではない。

けれども愛し続けることはむずかしい。四六時中いっしょにいて、その欠点をぜんぶ見せつけられて、それでも愛し続けることはきわめてむずかしい。

けれども、努力によって、それも可能である。

そのように人を愛することが、「だいたい一〇人中七人くらいについてはできる」ようになったら、その人は「自分を愛する」境位に近づいたと申し上げてよろしいであろう。

ご卒業おめでとう。

（二〇〇九年　三月一九日）

学院標語と結婚の条件

新学期が始まる。入学式。

飯謙新学長の「ことば」を聞く。

学長就任の挨拶でもそうだったけれど、本学が「キリスト教のミッションを実現するために建学された」という基本理念をつよく訴える内容であった。

この時代に大学新入生に向かって「自己利益をどうやって増大させるか」についてはー言も触れず、「神と隣人を愛し、敬し、仕える」ことを、ほとんどそれだけを説いたスピーチを行うということは、「反時代的」だととる人もいるかもしれない。

でも、私はそう思わない。これはすぐれて「今日的な」メッセージだと思う。

私たちの社会がこの二〇年で失ったのは「隣人と共生する能力」と「私の理解も共感も絶した超越的境位についての畏敬と想像力」である。

「愛神愛隣」というのは、そのことだと私は理解している。

学長は「学風」「校風」ということにスピーチの中で何度か言及した。それは具体的な教育プログラムのことではないし、もちろん設備や規則のことではない。個々の教師の教育理念や教育方法のことでもない。そのようなものすべてを含んで現にこの学校という「想像の共同体」を生かしているもののことである。

私がこの共同体に含まれて二〇年になる。

この場所は（それまでさまざまな共同体から排除されてきた）私を受け容れてくれただけでなく、私に働き場所と、生きがいを与えてくれた。

新入生たちが私や私の同僚たちやここに学んだすべての学生たちと同じように、この共同体に親しみ、そこで安らぎと癒しと、生きる知恵と力とを得ることができますように。

火曜日、新入生オリエンテーション。

教師一人が新入生一〇人とお昼を食べるイベントである。

学生たちに自己紹介してもらい、お手伝いに来てくれた上級生（フルタくん、ヤナイくん、ありがとうね）に大学生活の心得についてお話ししてもらう。

私からのメッセージは簡単で、「できるだけ長い時間をこのキャンパスで過ごすように」ということだけ。

最初のうちに単位をかき集めて、あとはバイトと就活で学校に寄りつかないというような学生がいるけれど、これはほんとうにもったいない大学生活の過ごし方だと思う。

時間割はゆったりと組んで、ひとつひとつの科目について、課題や下調べに十分な時間が確保できるようにすること。

授業が終わったら山をかけおりてバイトに行くようなことはせずに、授業のない時間帯もできるだけ大学の中にいること。散策するもよし、図書館で勉強するもよし、講堂でパイプオルガンを聴くもよし、クラブ活動をするもよし。

このキャンパスに設計者のヴォーリズはたくさんの「秘密の小部屋」や「秘密の廊下」を仕掛けた。

自分で扉を開けて、自分で階段を上って、はじめて思いがけない場所に出て、思いがけない風景が拡がるように、学舎そのものが構造化されている。自分が動かなければ、自分が変わらなければ、何も動かない、何も変わらない。

これはすぐれた「学び」の比喩である。

このキャンパスにいる限り、感覚をざわつかせるような不快な刺激はほとんどない。

それは自分の心身の感度をどこまで敏感にしてもよいということである。自己防衛の「鎧」を解除してよいということである。感度を上げれば上げるだけ五感は多くの快楽を享受することができる。

そんな環境に現代人はほとんど身を置く機会がないのである。

「心身の感度を上げる」ということは「学び」という営みの核心にあり、その前提をなす構えである。

それを可能にする場所であるかどうかということが学校にとって死活的に重要であると私は思う。本学はそれが可能な例外的なスポットである。その特権をどうか豊かに享受してほしいと思う。

というようなことを述べる。

午後は『AERA』の取材。

「婚活」について。

結婚について年来の持説を述べる。

どのような相手と結婚しても、「それなりに幸福になれる」という高い適応能力は、生物的に言っても、社会的に言っても生き延びる上で必須の資質である。それを涵養せねばならない。

「異性が一〇人いたらそのうちの三人とは『結婚できそう』と思える」のが成人の条件であり、「一〇人いたら五人とはオッケー」というのが「成熟した大人」であり、「一〇人いたら、七人はいけます」というのが「達人」である。Someday my prince will come というようなお題目を唱えているうちは子どもである。

つねづね申し上げているように、子どもをほんとうに生き延びさせたいと望むなら、親たちは次の三つの能力を優先的に涵養させなければならない。

何でも食える

どこでも寝られる

誰とでも友だちになれる

最後の「誰とでも友だちになれる」は「誰とでも結婚できる」とほぼ同義と解釈していただいてよい。

こういうと「ばかばかしい」と笑う人がいる。それは短見というものである。よく考えて欲しい。

どこの世界に「何でも食える」人間がいるものか。

世界は「食えないもの」で満ち満ちているのである。「何でも食える」人間というのは「食えるもの」と「食えないもの」を直感で瞬時に判定できる人間のことである。「どこでも寝られる」はずがない。

世界は「危険」で満ち満ちているのである。「どこでも寝られる」人間とは、「そこでは緊張を緩めても大丈夫な空間」と「緊張を要する空間」を直感的にみきわめられる人間のことである。

同じように、「誰とでも友だちになれる」はずがない。

邪悪な人間、愚鈍な人間、人の生きる意欲を殺ぐ人間たちに私たちは取り囲まれているからである。「誰とでも友だちになれる」人間とは、そのような「私が生き延びる可能性を減殺しかねない人間」を一瞥しただけで検知できて、回避できる人間のことである。

「誰とでも結婚できる」人間もそれと同じである。

誰とでも結婚できるはずがないではないか。

「自分が生き延び、その心身の潜在可能性を開花させるチャンスを積み増ししてくれそうな人間」とそうではない人間を直感的にみきわめる力がなくては、「一〇人中三人」というようなリスキーなことは言えない。

そして、それはまったく同じ条件を相手からも求められているということを意味している。

「この人は私が生き延び、ポテンシャルを開花することを支援する人か妨害する人か?」を向こうは向こうでスクリーニングしているのである。

どちらも「直感的に」、「可能性」について考量しているのである。だから、今ここでその判断の正しさは証明しようがない。それぞれの判断の「正しさ」はこれから構築してゆくしかない。自分がその相手を選んだことによって幸福な人生を送ったという事実によってしか配偶者を選んだ自分の判断の正しさは証明できない。

配偶者を選ぶとき、それが「正しい選択である」ことを今ここで証明してみせろと言われて答えられる人はどこにもいない。私はそれをこれから証明するのである。

だから、「誰とでも結婚できる」というのは、言葉は浮ついているが、実際にはかなり複雑な人間的資質なのである。

それはこれまでの経験に裏づけられた「人を見る眼」を要求し、同時に、どのような条件下でも「私は幸福になってみせる」というゆるがぬ決断を要求する。

いまの人々がなかなか結婚できないのは、第一に自分の「人を見る眼」を自分自身が信用していないからであり、第二に「いまだ知られざる潜在可能性」が自分に蔵されていることを実は信じていないからである。

相手が信じられないから結婚できないのではなく、自分を信じていないから結婚できないのである。


（二〇〇九年　四月九日）

窮乏シフト

ゼミの面接が始まる。

これまでに四九人と面談。ひとり一〇分から長い人は二〇分くらいなので、すでに一二時間くらい学生たちと話し続けている勘定になる。

ふう。

まだ二〇人くらい残っている。

たいへんな仕事ではあるけれど、総合文化学科の全二年生の三分の一くらいの学生たちと一対一で膝を突き合わせてその知的関心のありかを聞き取る得がたい機会である。

現代日本の二〇歳の女性たちの喫緊の関心事は何か？

女性メディアの編集者であれば、垂涎《すいぜん》のテーマであろう。お教えしよう。

彼女たちが注目している問題は二点ある。一つは「東アジア」であり、一つは「窮乏」である。

東アジアへの関心の主題として挙げられたものは「ストリートチルドレン」「麻薬」「売春」「人身売買」「児童虐待」「戦争被害」「テロリズム」「少数民族」などなど。これらは、「法治、教育、医療、福祉、総じて人権擁護のインフラが整備されていない社会で人はどう尊厳ある生を生きることができるか?」という問いに言い換えることができる。

そう言い換えると、「危機モード、窮乏モードを生きるためにどうすればいいのか?」という彼女たちの関心の射程がある程度見通せる。

若い女性の「窮乏シフト」の徴候は、私が面談した五〇人弱の中に「消費行動」を研究テーマに挙げた学生が一人もいなかったことからも知られる。

これまでは毎年「ブランド」とか「ファッション」とか「アート」とか「美食」とか「女子アナ」とかいう消費生活オリエンテッドな研究テーマを掲げる学生たちが相当数いたのであるが、今年はみごとにゼロである。

「人はその消費生活を通じて自己実現する」という八〇年代から私たちの社会を支配していたイデオロギーは少なくとも二〇歳の女性たちの間では急速に力を失いつつある。

「お金さえあれば自己実現できる」「自己実現とは要するにお金の使い方のことである」というイデオロギーが優勢でありえるのは、「右肩上がり」幻想が共有されている間だけである。

「お金がないから私は『本来の私』であることができません」というエクスキューズはもちろんまだ私たちの社会のほとんど全域で通用している。その現実認識には「だからお金をもっとください」という遂行的言明が続く。その前段にあるのは、「私たちの不幸のほとんどすべては『金がない』ということに起因しているから、金さえあれば、私たちは幸福になれる」という「金の全能」イデオロギーである。

このイデオロギーにもっとも深く毒されているのはマスメディアである。メディアはあらゆる機会に（コンテンツを通じて、CMを通じて）視聴者に「もっともっと金を使え」というメッセージを送り届け、その一方で非正規労働者や失職者がどれほど絶望的な状況であるかをうるさくアナウンスして「消費行動が自由にできないと人間はこんなに不幸になるんですよ」と視聴者を脅しつけている。メディアは「金の全能」を、あるときは「セレブ」の豪奢な生活を紹介することで、あるときは「失職者」の絶望的困窮を紹介することで繰り返し視聴者に刷り込んでいる。そして、メディアの当事者たちは自分たちがそのようなイデオロギー装置の宣布者であることについての「病識」がない。けれども、若い女性たちはそろそろこのイデオロギーの瀰漫に対しての「嫌厭感」を持ち始めている。

だって、そのイデオロギーを受け入れたら、消費生活が不如意である彼女たちは今「たいへん不幸」でなければならないはずだからである（現に手元にお金がないんだから）。だが、それは彼女たち自身の生活実感とは違う。「ストリートチルドレン」より私たちはずっと恵まれた環境にいる。その私たちは彼らに何ができるか。

そういうふうに考える人が（続々と）登場してきた。

彼女たちは「自分より豊かな人たち」に向かって「あなたの持っているものを私に与えよ」と言うのを止めて、「私より貧しい人たち」に「私は何を与えることができるか」を問う方向にシフトしている。

私はこのシフトを健全だと思う。「自分が所有したいのだけれど所有できていないもの」のリストを作るより、「自分がすでに豊かに所有しているので、他者に分ち与えることのできるもの」のリストを作る方が心身の健康にはずっとよいことである。

「不幸のリスト」はいくらでも長いものにできるが、「幸福のリスト」もその気になればずいぶん長いものになる。自分の不幸を数え上げることを止めて、自分に「まだ残っているもの」をチェックする仕事に切り替えるということは、実はすぐれた「危機対応」である。

震災のとき、「自分が失ったもの」を数え上げ、それを「返せ」と言い立てる人たちと、「自分にまだ残っているもの」を数え上げ、それをどれくらい有効利用できるかを考えた人に被災者たちはわかれた。危機を生き延び、すみやかにそのダメージから回復することができたのはもちろん後者である。

危機のときに「失ったもののリスト」を作る人間には残念ながら未来はない。

若い女性たちが「自分たちには何が欠けているのか」を数え上げることを止めて、

「自分たちが豊かにもっているものを誰にどんなかたちで与えることができるのか」を考える方向にシフトしたのは、彼女たちの生物学的本能が「危機」の接近を直感しているからだと私は思う。

このシフトは世を覆う「金の全能」イデオロギーの時代の「終わりの始まり」を告げるものだろうと私は思っている。

（二〇〇八年　一二月六日）

親密圏と家族

N経済新聞社から難波の個室ビデオ放火殺人事件についての電話コメントを求められる。別にこの事件に興味ないんですけど……と言いながら結局四〇分くらいしゃべってしまう。

容疑者は四六歳で、もとM下電器のサラリーマンである。ちゃんと学校を出て、結婚もし、妻子もあり、家もあった「中流の人」である。

それがここまで一気に転落する。

転落を途中で食い止めるための「セーフティネット」が機能していなかったということである。

親から家を相続して、それを売ってしばらく糊口をしのいだ時期がある。親からの贈与が「セーフティネット」として一時的には機能したのである。けれども、それに続くものはもうなかった。

現代社会に「セーフティネットがない」ということ、その整備が必要であることは政治学者も社会学者も心理学者も指摘する。その場合の「セーフティネット」とはいったい何のことなのだろう。

行政による貧窮者への公共的な支援のことなのだろうか。

たしかに生活保護を受給すれば、税金によって餓死や凍死はまぬかれることができる。けれども、それは最低限の生活を保障する緊急避難的な措置であって、個人の自尊感情や自己達成感とはかかわりがない。

しかし、今度の事件の容疑者を追い詰めたのは、単なる物質的な窮乏というよりはむしろ「誰からも敬意を持たれない。誰からも期待されない。誰からも愛されない」というメンタルな欠落感だったのではないであろうか。

こういう危機的状況に陥った人にパンとベッドを与え、慰めと癒しをもたらすどのようなセーフティネットがありうるか。

ふつうはまず「家族」のことを考える。

私自身は、幼児のときも、病人のときも、退学させられたときも、失職したときも、ホームレスにならずに済んだ。それは家族の支援があったせいである。私は内田家のみなさまのご高配によって今日まで馬齢を重ねることができたのである。

だが、いまセーフティネットの整備の喫緊であることを主張する人は多いが、家族の紐帯を打ち固めることの喫緊であることを主張する人は少ない（というかほとんどいない）。どうして経験的にもっとも有効であることが知られているセーフティネットの整備に人々はかくも不熱心なのであろう。

それには理由がある。

セーフティネットは必要だが、それは家族であってはならないというのがごく最近まで(たぶん今でも)公式には「政治的に正しい」意見とされているからである。

嘘だと思う人がいるかもしれないけれど、ほんとうなのである。

ちなみに日本の良識の府である岩波書店刊の『応用倫理学講義5　性/愛』所収の「親密圏」の項を引用してみよう。

親密圏とは、親密な関係を核として、ある程度持続的に互いの生への配慮を共有する他者と他者の関係性であると定義できるだろう。ここでわざわざ「他者」というのは、互いが別個の、対等な人格であることを確認するためである。一心同体的な共生関係には、かならず強者による弱者の支配が入り込んでくるからだ。親密な関係とは、互いに「他者」である相手の存在を承認しあう関係であると定義したい。

(井上たか子、「親密圏」『応用倫理学講義5　性/愛』岩波書店、二〇〇四年、二四〇頁)

「親密圏」は家族ではない。

というのは、家族こそはありうべき親密圏の登場を阻んでいる障害物だからである。

井上によると、近代国家の誕生とともに登場した「近代家族」は「親密な関係性を育むことを一義的な目的として制度化されたものではなかった。女性には、近代国家の建設のために、次代を担う『質のよい』国民を養成するという役割が求められ、母性愛という神話が形成される。」

女性はそのようにして「国家や市場という公領域の構成員を再生産するために、家族という私領域に封じ込められたのである。」（同、二四一頁）

夫婦愛は外で働く男たちを慰撫し、再生産過程に再び送り出すための「近代家父長制の成立のための必要条件」であり、母性愛は女性を性的奴隷の地位に釘付けにし、「国民」の再生産を促すための抑圧的な心理機制であった。

だから、夫婦愛や母性愛や「一心同体的」な共同性に基礎づけられた近代家族は解体され、個人は家族から解放されなければならない。

家族から解放された個人が帰属する先こそは「近代家族からの解放・自由のためのオルタナティブとしての新たな関係性」としての「親密圏」である。

書き写していて、ストックフレーズの乱れ打ちにいささかげんなりしてきたが、こういう理説が現在でも、大学の「女性学」や「ジェンダー・スタディーズ」では教科書的に教えられている。

論理的には整合的な理説である。

けれども、この議論はたいせつなことを勘定に入れ忘れている。

それは「親密圏論」が徹底的に「強者の論理」だということである。

親密圏論を語る人の多くは、それなりの収入や年金を保障された大学教員やジャーナリストであり、退職後も長期にわたって文化的な活動を通じて社会的なレスペクトを維持できる「見通し」がある。だから、彼らは親密圏を形成して、そこで同類たちと「支え合う」暮らしを理想化することができる。たしかに、扶養すべき子どもも、介護すべき親も、気づかわなければならない配偶者も持たず、自分と同じようにリッチで、知性的で、趣味がよくて、気の合う仲間たちと「支え合って」暮らすことができれば、どれほど愉快なことであろうか。

問題はこの「親密圏」に弱者の入る余地はあるのかということである。

現に、「金のないもの、知的能力の劣るもの、趣味の悪いもの、イデオロギー的に間違っているもの（セクシストとか）」は「おひとりさま」たちの「老後の親密圏」には参入資格がない。

仮に最初は十分な会員資格のあったメンバーでも、何かのはずみで収入源を失ったり、重病になったり、障害を被ったり、精神的に不安定になったりして、まわりの人からの片務的なケアが必要になると、これもフルメンバーの資格に抵触する。

というのは、井上自身が書いているように、この親密圏は「互いが別個の、対等な人格であること」を成立条件としているからである。

親密圏のメンバーは「対等」であることを要求される。年収において、社会的威信において、健康状態において、文化資本において、その他もろもろの条件において「対等」であることがメンバー条件となる。もし、非対等的に社会的能力の高い人間や低い人間が入り込んできた場合、そこには「強者による弱者の支配」が成立するリスクが生じるからである。

親密圏から排除されたら生きてゆけない人、その人が親密圏から出て行ったら残ったメンバーが生きてゆけない人、そのような能力において「非対等的」なメンバーは親密圏に参入することが許されない。

つまり、親密圏にとってもっとも重要なメンバー条件は「お互いが見分けがたく似ていること」と「自立する能力が高いので、他のメンバーに依存する必要がないこと」ということになる。言い換えると、その人が親密圏にいてもいなくても、本人も困らないし、まわりの人も困らない人間だけが親密圏を構築することができる。

なるほど。そうですか。

でも、そのような人間になろうと努力することが、どうして現代日本における喫緊の思想的課題であるのか、それが私にはよく理解できないのである。

「家族」は「親密圏」とは逆に、「非対等」を原理とする集団である。そこではメンバーのうちで「もっとも弱い者」を軸に集団が構成される。もっとも幼いもの、もっとも老いたもの、もっとも病弱なもの、もっとも厄介ごとを多くもたらすもの、それが家族たちにとっての「十字架」である。これをどうやって担ってゆくかということがどこでも家族の中心的な（わりと気の重い）課題である。

だが、この「もっとも弱いもの」は本人の意思でそうなったわけではない（人は自分の意思で生まれたり、病気になったり、死んだり、市民的成熟を遅らせたりすることはできない）。私たちは誰でもかつては幼児であり、いずれ老人になり、きわめて高い確率で病人や障害者になり、よほど幸運に恵まれないと市民的成熟を果たせない。だから、「家族の十字架」というのは実は「私の可能態」のことなのである。

幼児とは「過去の私」のことであり、老人とは「未来の私」のことであり、病人や障害者は「たまたまある分岐点で『あっち』に行った私」である。私たちは時間差を置いて、あるときはこの「十字架」を担う側にまわり、あるときは「十字架」として担われる側にまわる。トータルではだいたい「とんとん」だと私は計算している。

家族は相互に迷惑をかけているか、かけられているかいずれかであり、赤ちゃんとして迎えられてから、死者として送り出されるまで、最初から最後まで、全行程において、そのつどつねに他のメンバーと「非対等」の関係にある。家族において「対等」ということはありえない。

どれほど知的にも情緒的にも「対等」な夫婦においても、毎日の生活の中では、どちらか余裕のある方が相手を配慮し、気づかい、支え、激励し、余裕のない方がそのような支援を受ける側にまわるということは避けがたい。もっとも安定的な家族とは、役割が固定している家族ではなく、むしろ「気づかう人間」と「気づかわれる人間」が局面ごとに絶えず入れ替わるような流動性のある家族だと私は考えている。その消息は「対等」というような空間的な表象形式では語ることができない。

「近代家族」にさまざまな問題点があることを私は認める。けれども、それに代わる「オルタナティブ」の緊急であることを語るのであれば、それが「近代家族」の担ってきた（かなり痩せ細ったものにはなったが）「セーフティネット」としての機能をどのように代替できるのか、その根拠を示してもらわなければならない。

「親密圏」は「強者が強者でいられる限り、主体が主体性を発揮できる限りのセーフティネット」としては機能するだろう。けれども、それはメンバーの中でもっとも「手の掛かる人物」がなお自尊感情を維持したまま生きていけるような共同体をどうやって再生するかという問題には何の答えも提供しない。

（二〇〇八年　一〇月一五日）

草食系男子の憂鬱

四年生の専攻ゼミでは「草食男子から平成雑食メンズ」というお題でお話を伺う。

こういう世代論的分類法はどれほど信憑性があるのかしらないけれど、遠く「モボモガ」や「アプレゲエル」の時代から始まって「太陽族」「六本木族」「みゆき族」など「族」時代を経て、「㊎／㊈」、「根暗」、「新人類」、など無数のバリエーションがある。どれも世相をすぱりと切り取って、鮮やかである。

今回の「草食系」というのはネーミングが卓越していたので、広く人口に膾炙《かいしゃ》した。けれども、それも「もう古い」のだそうである。

一月ほど前にはじめて耳にした世代分類カテゴリーが「もう古い」と言われては、おじさんの立つ瀬がありません。きみたちの好きにしたまえ。

ただ、高度成長期、バブル期など「お金がだぶついているとき」は肉食系の生き方が有利であり、低成長・不況・雇用不安期には草食系の生き方が有利であるという大きな流れはあると思っていいだろう。

資源が潤沢にあるときは、「勝ったものが総取りする」というルールが可能である。

ワイルドなルールが適用されるのは、実は「負けたもの」が「余り物」で十分生きていけるほどに資源が潤沢だからである。資源に限りがある状況では、資源の分配にはそれほど手荒な方法は採れない。まず弱者に手厚くして、共同体から脱落者を出さないことが、相対競争の優者がひとり特権を享受することよりも優先的に配慮されるようになる。

こういう分配ルールのシフトはほとんど無意識的にスイッチが切り替わる。

私の記憶では一九五〇年代までは日本人は総じて「草食的」であった。サバンナのトムソンガゼルのように、身を寄せ合って、敗戦国の劣位という窮乏に耐えていた。関川夏央さんが「共和的な貧しさ」と呼んだのは、この草食動物的な群居本能がこの時期に採択した生存戦略のことである。

一九六四年の東京オリンピックを境として、日本人はしだいに「肉食」化していった。それはスタンドアロンで動く方が群れをなすよりも可動域が広く、「狩り」のチャンスも収穫も大きいという考え方が可能になったからである。それだけ「狩り場」が広くなり、「獲物」も増えてきたということである。「グローバル化」とはそういうことだ。

社会が豊かになると「肉食」的な生き方の方が有利となる。弱者や劣者を「食い物」にする生き方が推奨される。

そういう「肉食ベース」が一九九二年のバブル崩壊まで続いた（頭の切り替えができない人たちの間では二〇〇八年のリーマンショックまで続いた）。

私たちは今、資源は有限である以上、分配は「まず弱者から」という草食的発想に戻りつつある。

一昨日、私は芦屋ラポルテの前を歩いていた。そこでは交通遺児たちのための募金活動が行われていた。

私は過去二〇年間、この募金箱の前を「うるせえな」と思いながら素通りしていた。ところが、一昨日私はほとんど無意識に財布を取り出して、募金箱に募金をしてしまった。私の前を歩いていた人も私の後ろを歩いていた人も、三人がほぼ同時に財布を取り出して募金箱に千円札を投じていた。

たぶんそれが「時代の空気」なのである。自分は相対的には豊かであると思っている人間がそのことについて一抹の「疚しさ」を覚えるような時代の空気になっている。

もちろんそんなことを少しも感じないで、自己利益の追求に熱中している人もまだたくさんいるだろう。けれども、そういう生き方はもう「デフォルト」ではなくなった。

私にはそう感じられる。

募金箱にわずかばかりの金を投じたくらいのことで何を大仰な、と思う方もいるだろうけれど、私の経験は、時代の変化はこういうささいな徴候のうちに表れると教えている。

地球生態系に六五億の人類をこのまま養うだけの資源がない以上、総体として私たちが「飢餓ベース」「貧困ベース」「弱者ベース」の生存戦略に切り替えることはおそらくは人類学的必然であるように私には思えるのである。

＊

大学の三年生ゼミは「草食系男子」について。

先般、四年生のゼミでも同じ主題が取り上げられたので、彼女たちからするとかなり喫緊の課題のようである。発表後とりあえず全員に聞き取り調査をして、「あなたが知っている草食系の実像」についてご報告をうかがう。

いや、聞いてびっくり。

ゼミ生のほとんどの彼氏が「草食系」なのである。

特徴は――

すぐ泣く。拗ねる。「どうせぼくなんか……」といじける。かわいこぶる（齧歯《げっし》類系の「かわいさ」を演じるのが上手）。メールに顔文字をたくさん使う。優柔不断で、「何食べる?」「どこ行く?」といった質問に即答できない。化粧品にうるさい。肌を美白に保つことに熱心。ヘア命（ヘアセットができてない姿を見られると、スッピンの女性のように身もだえするらしい）。家族と親密。などなど。

こういう男子が二〇代に大量に存在しているらしい。ううむ、そういうことになっているとは、おじさん、知らなかったよ。

「これはどういうことなのでしょう」と訊ねられるので、(知らなかった話だが) ただちにその所以について私見を述べる。

草食系男子の生存戦略の基本は「様子見《ようすみ》」である。

デタッチメントと言ってもよいが、別に決然として現実に背を向けているわけではない。「洞ヶ峠《ほら》で様子見」である。世の中の帰趨《きすう》が決まってから、自分の生き方をそれに合わせるつもりでいるのである。見た目の柔弱さとは裏腹に、かなり冷徹で計算高い生き方と言わねばならない。

実存主義というのがありましたね(若い人は知らないだろうが)。

そのころは「参加」という言葉があった。フランス語で「アンガジュマン (engagement)」と言う。自らを自らの誓約によって拘束することである。

「われわれは〜最後の最後まで戦うぞ〜」というのは一種の誓言である。

これを言質《げんち》に取られて、言ったことの責任を取らされるというかたちで「抜き差しならぬ羽目に陥る」のがアンガジュマンである。

それのどこがいいのか、と当今の若者は訝《いぶか》しく思うであろう。

「どこがいいのか」と改めて言われるとちょっと返答に窮するのであるが、まあ、いわば「未来において抜き差しならぬ羽目に陥ること」の代償として、今現在は「でかい顔ができる」ということなのである。

「オレは革命のためには命も惜しまないぜ」という人間は、とりあえず「ぼく、痛いのキライだしい」というような人間と、今この現場においては圧倒的な政治力の差というものを享受できたのである。その政治力の差というのは、「でかい顔ができる」というだけでなく、その場にいるきりっとした感じの文学少女に声をかけて「ちょっといいかな？キミ、今度ブルトンの『ナジャ』の読書会やるんだけど、来ないか？」というふうに話しかけて、そのまま某所に拉致するというような大技をも繰り出すこともまたできたのである（というか、こちらの方がメインだったりして）。

まあ、そういう余禄などもあって、一九六〇〜七〇年代において「アンガジュマン」的生き方はそれなりに政治少年たちに支持されたのである。

かくいう私も「自らの誓言によって自らを拘束し、それによって、抜き差しならぬ事態に自分を追い込む」ことによって、「そうでも言わないとできやしないこと」をいろいろと成就したのである。旧友石川くん（アゲイン店主）などは私のそのような生き方を「ウチダの〝宣言主義〟」と（わりと冷たく）評したものであった。

でも、実存主義的生き方は人間の可能性を押し広げるという点では悪くないものであったと思う。

何しろ「未来を担保」に差し出すのである。

支払いをするのは「未来の私」であるから、まあ、赤字国債みたいなものではあるが、この債務を誠実に履行しようとするならば、言った分だけのことはせねばならないのである。

そして、これは池谷裕二さんの洞見であるが、人間というのは「やってしまったこと」については、それを合理化するために「私はそれがやりたかったのだ」というふうに、動機となる感情を「あとづけ」することができるのである。誓言もそうで、言ってしまったあとになってから、「私はほんとうに（別にその場を取り繕うためではなく）、心から、その誓言をなしたかったのだ」という内発的動機が「あとづけ」的に生まれる。そして、「その誓言をなしたいと望んでいた」ということは、実は「私はその誓言を果たし得るという確信が非主題的にではあれ私の中に存在したからである」というふうに推論は進み、ついに「私はその誓言を果たし得るだけの潜在的な能力を備えていたがゆえに誓言をなしたのである」というふうに話が出来てしまうのである。

自分の潜在的能力を信じている人間は、信じていない人間に比べて、潜在能力が開花する可能性が高い（当たり前である）。この統計的な差異は、潜在能力そのものの差異をはるかに上回るので、結局世の中は「無根拠に自信たっぷりなやつ」がリソースを寡占するということになるのである（さぞやご不満ではあろうが）。というわけで、経験的に言って、「様子見」よりは「実存主義」の方が生き方としては総じて分がよいのである。

にもかかわらず、当今の草食系男子は誓言を嫌い、フリーハンドを好むという。どうしてなのであろう。

あるいはこの「様子見」は、「いずれ実存主義的に変身」するというオプションも含めての様子見なのであろうか。

よくわかんないけど、男子も大変である。

（二〇〇九年　四月二九日、六月二三日）

妥協と共生

『ＦＲａＵ』という雑誌の取材がある。

二〇～三〇代の働く独身女性が読者層のヴォリューム・ゾーンであるような雑誌で、今回のお題は「結婚したいけれど、できないのはどうして……」という切実なるものである。

どうしてと訊かれて即答できるなら、苦労はない。というのはシロートで、私はどんなことを訊かれても即答することでお鳥目を頂いている身であるから、もちろん即答する。

それはみなさんがたが「他者との共生」を「他者への妥協」というふうに読み替えておられるからである。「共生」と「妥協」は見た目は似ているかもしれないが、まるで別のことである。

これは武道をやっていると実感的によくわかる。

「妥協」というのは「まず、私がいる」というところから話が始まる。そこに他者が干渉してきて、私の動線を塞ぎ、私の可動域を制約し、私の自己実現を妨害する。私はやむなく、自由を断念し、狭いところで我慢し、やりたいことを諦める。

というのが「妥協」である。

ここまでの文章をみなさんはすらすらとお読みになったかもしれないが、ここにはすでに重大な予断が含まれている。

それは「私の動線を塞ぎ、私の可動域を制約し、私の自己実現を妨害する」という「被害」の記述が成立するためには、そのつど「存在しなかった私」を幻想的に基礎づけることが必要であるということである。

「私の動線が塞がれている」という感覚が成り立つためには、「こいつさえいなければ、私がそこを通過できたはずの動線」というものがありありと映現していなければならない。

「私の可動域」も「私の自己実現」も同様。

どれも、現実ではない。

現実になったかもしれないこと、現実になるはずだったこと、現実になればいいなと欲望していたことである。

それは非現実である。

たしかに、それは「他者」が出てこなければ、現実になったかもしれない。でも、「他者」が出てこなくても、現実にはならなかったかもしれない。その動線を通過するときに、私は小石にけつまずいて、足の骨を折っていたかもしれない。その可動域に踏み込んだときに、穴にはまって、首の骨を折っていたかもしれない。運良く「私」が誰にも邪魔されずに「自己実現」してみたら、それがまた涙が出るほど貧弱な「自己」で、すっかり絶望して首を吊っていたかもしれない。

だから、「何かが起こらなかった」ということを前件にして、「その何かは起こるはずであった」と推論することはできない。「私が成功しなかった」という事実から「私は成功するはずであった」という命題を導くことはできない。

してもいいけれど、みんなからバカだと思われるだけである。

ところが「妥協」ということを口走る皆さんはこの没論理を平然と駆使されているのである。

「妥協」において他者と「妥協」しているのは、「存在していない私」である。「(すべてが一〇〇%うまくいった場合に) そうなるはずであった私」「そうなるといいなと思っていた私」を「それこそが現実の私」であると強弁することではじめて「妥協」という考え方は成立する。

非現実を現実だと思いなす、かなり身勝手な人間の場合にしか「妥協」ということは起こらない。

「他者との共生」者は、そのような「現実になるはずだったのに、ならなかった私」のような幻想についていつまでもこだわらない。「私の動線」は当然ながらさまざまなものによって不断に塞がれ、迂回を余儀なくされる。犬のうんちがあれば遠回りするし、信号が赤なら止まらなければならない。そもそも道路がないところは歩けない。でも、そんなことを私たちは歩くときには意識していない。それはもう「織り込み済み」の与件として、それを「勘定に入れた」上で、自分に何ができるかを考えている。

武道の場合はもっと贅沢である。

他者の出現によって、私の動線や可動域のオプションが一気に増大した、と考えるのである。

たとえば、「相手に突き飛ばされて空を飛ぶ」というのだって、ひとりではできない動きである。ひとりではできないことが、他者の出現によって可能になった。これをとりあえず「言祝《ことほ》ぐ」というのが武道家のマインドである。

相撲の場合、決まり手の多くは「同体」である。

二人とも顔から土俵につっこんでゆくのであるが、コンマ数秒でも相手の身体が先に砂につくと、勝った方は「痛くない」そうである。

このときの「土俵に顔からつっこんでゆく」という動作はひとりではできない。してもいいけど、怖い。

怖いし、痛い。

ところが相手がいると、ひとりではできないことができる。これを「他者が出現したことによる可能性の拡大」と考える。

「ひとりではできないこと」にはいろいろなことがある。「私」単体を基準にとると、「いやなこと」もあるかもしれない。

でも、私と他者をまとめた複素的身体を基準に総合的に考えると、「いや」とか「いい」とかいうレベルはあまり関係ない。

ご飯を食べるときに、右手は忙しく箸を使っている。食べるのは口である。これを「右手」と「口」の対立の中でとらえると、右手は「おれはただ筋肉疲労がたまるだけなのに、口のヤローは美味しい思いしやがって」という「不満」だってありうるかもしれない。

けれども、身体全体としては、「部位によってはいろいろとご不満もおありでしょうが、ま、ここはですね、ひとつ大所高所からご判断いただくということで」ということでまとめさせていただくことになる。

結婚だって同じである（おお、いきなり結論が）。

配偶者と共同的に構成している「結婚体」というものを基準に考えるのである。それが気分よく機能するのはどうすればよろしいか、ということを配慮する。「結婚」することで「私」がどのような快楽や利便を得るか、というふうに問題を立てるからいつまでも結婚できないのである。「私」が参与することで、「結婚体」のパフォーマンスはどのように向上するか、ということを考えればよいのである。

ケネディ大統領がその就任演説で述べたとおりである。

「わが同胞のアメリカ人よ、あなたの国家があなたのために何をしてくれるかではなく、あなたがあなたの国家のために何ができるかを問おうではないか。わが同胞の世界の市民よ、アメリカがあなたのために何をしてくれるかではなく、われわれと共に人類の自由のために何ができるかを問おうではないか。」

よい言葉である。

若い未婚の方々には、ぜひ「国家」のところに「結婚」という言葉を入れてこの言葉を熟読玩味していただきたいと思う。

（二〇〇八年　五月二一日）

家族に必要なただひとつの条件

朝日新聞の取材が来る。

「女と男」という一年間続いた特集の「しめ」の談話を取りにいらしたのである。去年の春ごろにその紙面に登場して、何ごとかしゃべったらしい。

むろん、何を話したのか何も覚えていない。そうカミングアウトすると、取材の記者の方はたいへん悲しそうな顔をされていた。

申し訳ない。

「女と男」というシリーズの記事をいくつか事前に送っていただいていたので、読んだ感想を訊かれる。

「べたべたしてて気持ち悪かったです」と正直にお答えする。

どうして、もっと「さらり」とした、敬意をもって互いを遇し、ていねいに配慮し合う、気分のよいカップルを取材されないのであるか。

その理由はメディアの諸君もまた男女関係を「理解と共感」の上に基礎づけようとしているからである。

愚かなことである。

人間の共同体は個体間に理解と共感がなくても機能するように設計されている。そのために言語があり、儀礼がある。

人間の生理過程が「飢餓ベース」であり、共同体原理が「弱者ベース」であるように、親族は「謎ベース」である。親子であれ配偶者であれ、「何を考えているのかよくわからない」ままでも基本的なサービスの供与には支障がないように親族制度は設計されている。

成員同士が互いの胸中をすみずみまで理解できており、成員間につねに愛情がみなぎっているような関係の上ではじめて機能するものとして家族を観念するならば、この世にうまくいっている家族などというものは原理的に存在しない。

原理的に存在しえないものを「家族」と定義しておいて、その上で「家族は解体した」とか「家族は失われた」というのはまるでナンセンスなことである。

変わったのは家族ではなく、家族の定義である。誰が変えたか知らないけれど、ほんらい家族というのはもっと表層的で単純なものである。

成員は儀礼を守ることを要求される。

以上。

それを愛だの理解だの共感だの思いやりだのとよけいな条件を加算するから家族を維

持することが困難になってしまったのである。

現在、家族を形成している方々は総じてたいへん不満顔である。

家族間に理解がない、愛がない、共感がない、価値観が一致しない、美意識が一致しない、信教が一致しない、政治イデオロギーが一致しない……だから「ダメ」なんだと結論する。そのような条件であれば、この世に幸福な家族がひとつとして存在しなくて当たり前である。

家族の条件というのは家族の儀礼を守ること、それだけである。それがクリアーできていれば、もうオッケーである。

朝起きたら「おはようございます」と言い、誰かが出かけるときは「いってきます」「いってらっしゃい」と言い、誰かが帰ってきたら「ただいま」「おかえりなさい」と言い、ご飯を食べるときは「いただきます」「ごちそうさま」と言い、寝るときは「おやすみなさい」と言いかわす。家族の儀礼のそれが全部である。それができれば愛も理解も要らない。

私はそういう意見である。

家族の間には愛情も理解も不要である。必要なのは家族の儀礼に対する遵法的態度である。

家族と言ったって、ほんとのところは「よくわからない人」である。とりあえずわかっているのは、「この人もまた私同様に家族の儀礼を守る人だ」ということだけである。

だから敬語を使う。

何を考えているのかわからないときにはたまには「何をお考えなのですか？」と訊いてみる。

訊いてみたらたいへん単純なことだった場合もある（「いや、綿棒どこ置いたかな……と思って」とか「昨日の晩御飯って、焼きそばだったっけ？」とか）し、訊いてもまるでわからない場合もある（訊かれた本人も自分が何を考えているのかわかっていないからである）。

「私のことを愛していますか？」と心配だったら訊いてもいい。

もちろん、こういう場合には「もちろん愛しているよ。どうして、そんなこと訊くの？」と答えることが「家族の儀礼」で決まっているので、そういう返事がくる。

私はそれだけで十分だと思う。

どうして「家族の儀礼を守らなくちゃいけないの？」という問いには「昔からそう決まっているから」と答えればよろしい。

家族というのはどうしてそのようなものがあるか、その起源についてはよくわかっていない社会制度である。弱者が共同体をつくることで生き延びる確率を高めようとしたのであろうということしかわからない。世界に二人といない知己を得たり、めくるめくエロスの極致を経験したりするためのものではない。

もちろんそういうことが副次的に「おまけ」でついてくれば、それに越したことはないが、それはいわば「レクサス買ったら、ドライバーズシートに『腰もみマッサージ機能』がついてた」くらいに「おまけ」的なものである。

どうも世間の方は勘違いをされているのではないか。

愛と共感に基礎づけられ、家族同士が世界の誰よりも深く理解し合い、配偶者たちは夜毎エロスの極限を経験している……というようなものを「理想の家族」とするならば、現実のすべての家族はただちに遺棄されて、人々は「理想の家族」めざして「家族探しの旅」にさまよい出なければならぬであろう。

当今の家族論の類を読んでいると、どうも「この自転車にはバックミラーがついてない」とか「この中華料理屋にはなぜクラブハウスサンドイッチがないのだ」(裏軒にはあるが)というような「木に縁《よ》って魚を求む」議論をしているような気がしてならない。

家族は「ひとりでは生きられない」弱者が生き延びるための装置である。

家族成員が強者であることを要求するような家族論ははなから論の立て方が間違っているのである。

というような話を(その一〇倍くらいくどく)する。

(二〇〇八年　三月五日)

小学生にはむずかしい文章

ある教科書会社から小学校の教科書のために何か書いて欲しいと頼まれた。めんどくさいから厭だと最初は断った。

「中学生にもわかるように書く」ということは『先生はえらい』でやってみたので、できそうな気もするが、「小学生にもわかるように書く」というのはちょっと私には無理そうに思えたからである。

私は一度書いた原稿に「ここがわかりにくいので書き換えてくれ」とか「この字は読みなれていないので、ひらがなにしてくれ」とか言われるのが嫌いである。だから、「そのままの原稿では出せません」と言われると、「あ、そうですか」とそのままオサラバすることにしている。私の文章を読んで「意味がわかりません」という人間と「私の文章」を介して話し合いをすることは、論理的に考えて、純粋な消耗だからである。

今回は、「私の書くものは小学生向きじゃないですよ」といったのに、でもぜひにと頼まれたので、なるべくむずかしい漢字や子どもの知らない人名などは使わないようにして、いつも言っているようなことを書いてお渡しした。

しばらくして、やはり編集会議でボツになりましたという知らせが来た。小学生にはむずかしいだろうという理由である。

なるほど。

まことに理にかなった展開である。

でも、せっかく書いたものであるから、その原稿をここに公開して、諸賢のご高覧に供したいと思う。

こんなの。

もしも歴史が

「歴史に『もしも』はない」というのはよく口にされる言葉です。

たしかに、「起きなかったこと」は起きなかったことですから、「起きなかったこと」なんか考えてもしかたがないのかも知れません。

でも、どうして「あること」が起きて、「そうではないこと」は起きなかったのか。その理由について考えるのはなかなかにたいせつな知性の訓練ではないかと私は思っています。

どうしてかというと、過去の「(起こってもよかったのに)起こらなかったこと」について想像するときに使う脳の部位は、未来の「起こるかもしれないこと」を想像するときに使う部位とたぶん同じ場所のような気がするからです(解剖学的にはどうか知りませんけれど)。

歴史の勉強をすると、「出来事Aがあったために、出来事Bがその後に起きた」というふうに書いてあります。歴史的事件はまるで因果関係に基づいて整然と配列されているかのようです。けれども、ほんとうにそうなのでしょうか。というのは、私たちの世界で今起きている出来事の多くは「そんなことがまさか現実になるとは思いもしなかったこと」だからです。

例えば、第二次世界大戦が始まる前に、ヨーロッパはいずれフランスとドイツを中心とした国家連合体になり、パスポートも国ごとの通貨もなくなるだろうと予測していた人はほとんど存在しませんでした。同じように、太平洋戦争が始まった頃に日米の緊密な同盟関係が戦後の日本外交の基軸になると予見していた人もほとんど存在しませんでした。

でも、「そういうこと」がいったん現実になってしまうと、みんな「そういうこと」が起こるのは必然的であったというようなことを言います。

でも、歴史上のどんな大きな事件でも、それを事前に予見できた人はいつでもほとんどいません。

同じことが未来についても言えるだろうと私は思います。

私たちの前に広がる未来がこれからどうなるか、正直言って、私にはぜんぜん予測ができません。わかっているのは「あらかじめ決められていた通りのことが起こる」ということは絶対にないということだけです。後になってから「きっとこうなると私ははじめからわかっていた」と言う人がいても（たくさんいますが）、私はそんな人の話は信じません。

未来はつねに未決定です。

今、この瞬間も未決定なままです。

一人の人間の、なにげない行為が巨大な変動のきっかけとなり、それによって民族や大陸の運命さえも変わってしまう。そういうことがあります。歴史はそう教えています。誰がその人なのか、どのような行為がその行為なのか。それはまだ私たちにはわかりません。ということは、その誰かは「私」かもしれないし、「あなた」かもしれないということです。

過去に起きたかもしれないことを想像することはたいせつだと私は最初に書きました。それは、今この瞬間に、私たちの前に広がる未来について想像するときと、知性の使い方が同じだからです。

歴史に「もしも」を導入するというのは、単にSF的想像力を暴走させてみるということではありません（それはそれで楽しいことですけれど）。それよりはむしろ、一人の人間が世界の運行にどれくらい関与することができるのかについて考えることです。私たちひとりひとりの、ごくささいな選択が、実は重大な社会的変化を引き起こす引き金となり、未来の社会のありかたに決定的な影響を及ぼすかもしれない、その可能性について深く考えることです。もしかするとほかならぬこの自分が起点になって歴史は誰も予測できなかったような劇的な転換を遂げるかもしれない。

そういう想像をすることはとてもたいせつです。

何より、「私ひとりががんばって善いことをしても、何が変わるわけでもない」とか「私ひとりがこっそり悪いことをしても、何が変わるわけでもない」というふうに自分の歴史への参与を低く見積もって、なげやりになっている人に比べて、今この瞬間においてはるかに人生が充実しているとは思いませんか。

読み返してみたら、「でも」で始まる文が二つ続いたりしていて、けっこう不出来な文章ですね。

（二〇〇九年　二月二三日）

あとがき

みなさま、どうも最後までお読みくださいまして、ありがとうございます。

もしかすると、立ち読みのままここまで来ちゃった方もいるかも知れません（はっと気づいてあたりを見回すと、日はとっぷり暮れ、本を支えていた腕の筋肉がばりばりに凝っていた……というようなことが起きたとしたら、書いた人間としてはこんなにうれしいことはありません。書店は困りますけれど）。

いや、冗談抜きに、そういう人がいるかもしれないと思います。だって、読み出したら止められないですから。自分で言うのも何ですけれど。

書いている僕自身、初校のゲラを赤ペン片手に読み始めたら、止まらなくなって、トイレに入るときもゲラ持参で読み耽《ふけ》ってしまいました。

たぶんそれは書いている僕自身が読んでも、話がどう展開するのか、どういう「オチ」に持ち込むつもりなのか、なかなか予測できないからでしょう。

そういうことが起きるのは、「書いている僕」と「読んでいる僕」が、厳密な意味では「別人」だからです。

「書いている僕」は軽いトランス状態にあります。何かに憑依《ひょうい》されていると言ってもいい。

喩《たと》えて言えば、「捕虫網をもって蝶々を追いかけている虫好き少年」のような感じです。あるアイディアの断片がふと空中に浮かぶ。ぱらりと鱗粉《りんぷん》が落ちてくる。それを追いかける。近くまでゆくと、蝶々がふわりと飛び上がる。また跡を追う。そうやってどんどん森の奥に入り込んでゆく。あたりを見回すと、見たことのない風景の中にいる。そんな感じです。

あらかじめ用意しておいた、何らかの政治的命題なり、審美的知見なりをみなさんに披瀝《ひれき》するためにこれらの文を書いているわけではありません。もちろん、「では、以下にその理路をご説明しよう」などというふうに、いかにも書き手はこれから書くことの全体を一望俯瞰《ふかん》しているようなレトリックが使われてはいますけれど、ほんとうのことを言うと、「以下、どういう理路で説明がなされることになるのか」は書き始めているときに僕自身よくわかっていないのです。「書いているうちに何とかなるだろう」と思っているだけです。

ゲラを読み返していたら、「……について質問される。よく知らない論件であるが、ただちに即答する」という言い回しがあちこちに登場していました。「くどい」なとは思ったのですが、ほんとうだから仕方がありません。

何か訊かれたときに、これから自分がどう答えることになるのかについて確たる見通しがないままに「あのですね」と答え始めている。そういうことがよくあります。よくあるどころか、僕が質問に対して答えているときは、ほとんどそうです。でも、人間は誰でも「そういうこと」ができるのだと僕は思います。

知らないことについても何かを知っている。

イグニッションキーを回しても動かないエンジンが、ボンネットを一蹴りすると回り始めるというようなことは、自分の車についての経験知ですが、どうして蹴飛ばすとエンジンがかかるのか、その工学的な理由は蹴飛ばしている本人にもわからない。でも、エンジンがかかればいいじゃない、「結果オーライ」で、と詳しくは詮索しない。

そういうものだと思います。

「コミュニケーション能力」という言葉をほとんどの人は「言いたいことをはっきり言って他人に伝える」能力のことだと思っている。でも、僕は、それは少し違うのではないかと思っています。たしかにコミュニケーション能力は「他人に何かを伝える力」のことです。けれども、他人にいちばん伝えたいと思うのは、「自分が知っていること」ではないんじゃないかと僕は思います。自分が知り始めていて、まだ知り終わっていないこと。そういうことがコミュニケーションの場に優先的なトピックとして差し出されるのではないのでしょうか。ちょうど巨大な船について記述するときのように、船首について話し始めたときには、船尾はまだ視野には入っていない。そういうことについて語るのが僕たちがいちばん高揚するときなのではないか。僕は何だかそんな気がします。

別の言い方をすれば、コミュニケーションというのは本質的に時間的な現象なのではないかということです。「言いたいこと」がある。でも、自分が何を言いたかったのかは言い終わってみないとわからない。言い始めたときには、自分のセンテンスがどこかに「ぴたり」と着地するであろうということについては確信がある。でも、それが「どこか」はまだ言えない。何ごとかを直感したのだが、何を直感したのかは、言葉を統辞的に適切に配列し、カラフルな喩えを引き、リズミカルな音韻を整えないと自分にもわからない。

プロの能楽師は主な曲の詞章はだいたい暗記しています。でも、「じゃあ、『羽衣《はごろも》』のキリの最後の二つ前のところを謡ってみてください」と急に言われたら、そこだけを取り出して謡うことはできないのではないかと思います。その前の切れのいいところから（例えば、「愛鷹山《あしたかやま》や富士の高嶺」から）謡い出せば、「霞に紛れて　失せにけり」までは間違いなくたどりつく。

それと同じで、僕たちの場合も、たしかに「それ」を知っているのだけれど、何を知っているのかを語るためには、言葉を順番に並べて、ある種の思考の「律動」のようなものに載せて「演奏」しないと、「それ」がどんなものかは自分自身にもわからない。

そういうことがあると思うのです。

まず電撃的直感がある。そして、自分が何を直感したのかを自分自身に理解させるためには、長い物語をひとつ語らなければならない。「知る」というのは基本的にそういう構造を持っているのだと思います。

たぶん、この本に収録されたエッセイは、僕自身が何かを「知る」ために書かれたものです。書くことによって、たしかにある知見にまでたどりつきはしたのですが、それはリクエストされればすぐに「はいよ」と取り出せるものではなくて、そのつど始めから順を追って推論しなければ、そこにはたどりつけない。そういう種類の知見のように思われます。

というわけで、僕は最後まで読んだとき、もう一度始めから読み直したくなりました。みなさんも同じ感懐《かんかい》を持っていただけるとうれしいのですけれど。

最後になりましたが、ゆきとどいたエディットをしてくれた安藤聡さんにお礼申し上げます。さまざまなアイディアをインスパイアしてくれたみなさんにも重ねてお礼を申し上げます。いつもありがとうございます。

二〇〇九年晩秋

内田　樹

文庫版のためのあとがき

みなさん、こんにちは。内田樹です。『邪悪なものの鎮め方』の文庫版お買い上げありがとうございます。

単行本は二〇一〇年の一月にバジリコから出版されました。コンピレーション本ですので、書評あり、日記あり、論文あり、かたちはいろいろですが、どれも同一の主題をめぐっています。それは「邪悪なもの」とどう対応するかということです。

「邪悪なもの」とは何のことでしょうか。

ラテン語の sacer には「神聖な」と「呪われた」という反対の語義が含まれています。僕が「邪悪なもの」という言葉を使うのはこれに近い意味においてです。人間の理解を超え、人間の感官では知覚できず、人間の尺度では衡量することのできない何ものかが、いい、い、切迫してくる。そういう感じがしたことは程度の差はあれ誰にでもあるはずです。何か知らないけれど、ぞくっとする。計測機器では検知できないけれど、生物としての本能が感じる「ざわざわ感」。あれは何か「人間のスケールを超えたもの」が接近してきたときに、生物の本能がアラームを鳴らしているんです。

それが結果的に人間を知性的・感性的・霊性的な成熟に導くものであったら、事後的に「聖なるもの」と呼ばれるし、逆に、人間の生命力を減殺したり、生きる知恵を曇らせたりするものであった場合には「邪悪なもの」と呼ばれる。この識別は人間の側の都合によるものです（ある種の化学変化を人間の都合で「腐敗」と呼んだり「発酵」と呼んだりするのと同じです）。どちらにしても、相手は人間が手持ちの枠組みで制御することのできないものです。それが切迫してくるときにどうふるまったらよいのか。それについてこの二〇年ほどずっと考えてきました。

単行本のまえがきには「邪悪なもの」と遭遇してなお生き延びるためには「ディセンシーと身体感度の高さとオープンマインド」が必要だと書いてありました。なるほど、そうですね。三年前の自分に一票。

でも、もし三年前に比べて僕にも少しだけでも人間的成長があったのだとすれば、それは「聖なるもの」と「邪悪なもの」はその本態においては同一物であり、人間の側に十分な霊的な備えがあれば、「邪悪なもの」を「聖なるもの」にカテゴリー変換することができるらしいということに気づいたことです。

まったく別の働きをするものに同じ名前をつけるということは「よくあること」です。フロイトが『精神分析入門』で書いていたことですが、古代エジプト語では「大きい」と「小さい」を「ケン」という同一の語で表していたそうです。それが「大きい」を意味するのか、「小さい」を意味するのかは文脈によって決定される。英語の without も「〜抜きで」と「〜と一緒に」の両義がありました。どちらの語義を選ぶかは文脈に拠る。そういう例は世界中の言語にたくさん存在するようです。日本語の「手前」というのもそうですね。「手前生国《しょうごく》と発《はっ》しますは」というときは「私」のことであり、「手前のようなやつは出て行け」というときには「あなた」のことです。人称のような決定的に重要なものをわざと両義的な語で表すというのは〝よほどのこと〟です。つまり、語義の確定した言葉を円滑にやりとりする能力よりも、文脈に応じて意味の変わる語義を正しく言い当てる能力の方を人間たちは重く見てきた。そういうことではないかと思います。

「聖なるもの」と「邪悪なもの」は意味が未決の状態でこの世界に到来します。それがほんとうは何ものであって、何のために到来したのかは僕たちには最後までわかりません。でも、それが結果的に僕たちに災厄をもたらすのか祝福をもたらすのか、その「語義」の決定については、僕たちの側にもささやかながら関与する余地が残されている。僕たちが文脈を変えれば、「邪悪なもの」を「聖なるもの」に変換することは可能だということです。

現に、日本の神社の多くは「祟り神」を祀っています。北野天満宮は菅原道真、白峯神宮は崇徳上皇、神田明神は平将門がそれぞれ祭神です。この大きな災禍をもたらす力を持つ神霊を忌避したり、憎んだりする代わりに、人々は神として祀るという道を選びました。「巨大な力」の絶対値に対する純粋な畏怖の念だけを取り出して、それを前景に置いた。「鎮める」というのはたぶんそのような「カテゴリー変換」の知恵のことではないかと思います。

　現代社会にはもうそういう「知恵」はほとんど残っていません。それは「エビデンスのないものは存在しないものとして扱う」というルールをあるときから採用したからです。

「人間の尺度を超えたもの」は定義上人間の使える計測機器では検知できません。ですから、それについてエビデンスを示すことができない。だから存在しないことにする。そういう単純なロジックで僕たちの社会から「人間の尺度を超えたもの」のための場所は一掃されてしまいました。でも、「手持ちの計測機器で測定できない」ということからそのようなものは「存在しない」という言明を導くことはできません。「手持ちの計測機器で測定できない」のは多くの場合「計測機器の精度が低い」せいだからです。もしかすると、この先機器の計測精度が上がれば、これまで「存在しない」とされたものが数値的に検知できるかも知れない。ほんらいの科学的態度というのは、そういうものではないかと僕は思います。でも、現代人はそういう知的節度を失ってしまった。「存在するもの」もっとはっきりとした言い方をすれば「換金できるもの」以外のものにはもう関心を持たなくなってしまった。

何度も書いたことですけれど、二〇年ほど前、あるコンサル会社が神戸女学院大学の経営について調査し、再建案の提言をしたことがありました。そのとき調査員がヴォーリズの設計した校舎の価値を「ゼロ」と査定したことに僕はつよい衝撃を受けました。「こんな築六〇年の老朽建築物、修繕費用がかさむだけで、持っているだけ損です」と調査員は言い放ちました。そこで日々長い時間を過ごしている教職員や学生たちがその空間の中で感じている「何か特別なもの」に彼らはまったく無関心でした。この「特別な空間」の中に足を踏み入れて何も感じずにいられるという感覚の鈍さが僕にはショックでした。そのような能力が欠如していることが問題にならないようなビジネスを彼らはしている。もっと踏み込んで言えば、そのような能力を欠如させていることがむしろアドバンテージとみなされるような世界で彼らは暮らしているらしい。

「うめきた大仏」構想はそれから二〇年も経ってからの出来事でした。ご存じない方のためにご説明しますと、これはMBSラジオで不定期に放送している『辺境ラジオ』というトーク番組（精神科医の名越康文先生と西靖アナウンサーと僕の三人のおしゃべり）に投稿された「大阪を元気にするアイディア」のうちの一つでした。JR大阪駅の北側に拡がる巨大な操車場跡（北ヤード）の再開発計画として、ビジネスマンたちはショッピングモールやオフィスビルやマンションをつくるという凡庸なプランしか思いつきませんでした。ファックスで「うめきた大仏」を提案してくれたのは海野つなみさんという女性マンガ家でした。この広々とした土地に大仏を建てる。市民たちの浄財を集めて、何十年もかかってガウディのサグラダ・ファミリア教会のようにゆっくりと大仏を建設してゆく。その広々とした構想を聴いただけで、なんだか胸の中を一陣の涼風が吹き抜けたような爽快感を覚えました。土地代を回収するためにどんなテナントを入れて、家賃をいくらに設定するか、というようなちまちました話を聴かされてうんざりしているときに、「大仏」に不意を衝かれて、僕たちの社会に何が欠落しているのかがはっきりわかりました。

それは「人間的尺度」というときの「尺度」には「時間」も含まれているということです。僕たちはもう五〇年、一〇〇年という射程の中でものごとを考えることができなくなっている。多くの人々はせいぜい数年までの幅の中で、ひどい場合には四半期単位でしかものを考えようとしない。「大仏の効用」（門前町の形成とか、都市の霊的鎮護とか）は五〇年、一〇〇年というオーダーで見ないととらえることができません。半世紀後、大仏のおかげで大阪が豊かで穏やかな街になったあとにはじめてその効用は目に見えるものになる。でも、そういうものは四半期ベースでしかものごとの意味を考量できない人々にとっては文字通り「眼中にない」のです。

人間的尺度がどんどん狭隘になり、考量できるものの種類が少なくなっている。結果的に「人間的尺度を超えるもの」の境位はどんどん拡大している。にもかかわらずそのようなものに対する心身の備えは誰もしていない。それが現代の実相ではないかと思います。

福島の原発事故もこの文脈で考えれば「人間的尺度を超えるもの」の切迫だったと言うことができます。プルトニウムの半減期は二万四千年、そんな「人間的尺度を超えるもの」については考えるだけ無駄だから考えない。想定外の巨大地震が起きるのは数百年に一度、そんな「人間的尺度を超えるもの」については考えるだけ無駄だから考えない。そういうタイプの思考停止の積み重ねがあの事故をもたらした。僕はそう思います。人間では制御できない力についての純粋な畏怖の念があれば、そもそも原子力発電というようなリスクの高いテクノロジーには手は出さなかったはずです。手を出した場合でも、祟り神を祀るように最大限の注意を以てこわごわと扱ったはずです。でも、日本人はどちらもしなかった。人間の制御が届かない巨大な力を「邪悪なもの」として発動させてしまったのは、人間の側の過ちです。「聖なるもの」と「邪悪なもの」についての理論的・実践的考察が現代にもっとも欠けているものではないかと僕が思っているのは、そういうわけだからです。

長くなってしまいましたので、このへんで「文庫版のためのあとがき」はおしまいにしておきます。この話の続きはまた別の本で。

最後になりましたが、文庫版の編集のためにご尽力くださった文春文庫の山本浩貴さんにお礼と（ゲラの戻しが遅れたことについて）お詫びを申し上げます。単行本を編集してくださった安藤聡さんにも改めてコンピレーションのお手数に対してお礼を申し上げます。みなさん、どうもありがとうございました。

二〇一三年一一月

内田　樹

解説

名越康文

内田樹先生と最初に会ったのは、二〇〇一年頃のことでした。先生がワインを持って僕のクリニックを訪ねてきて下さったんです。「ワイン冷やしときましょう」という気さくな会話から始まった出会いでしたが、その頃から常人を超えたスケールを感じていました。

僕にとっては、伝家の宝刀ならぬ「先祖伝来家宝の鼓」のような存在とでもいいましょうか。どんなへっぽこな発言でもぱっと受け入れてみごとに展開したり調子を整えたりして下さる。だから、先生との対話は実は内心、こういうふうにバチを添えたらこの天下の名品はどう鳴るのだろう、という感覚に近いのかも知れない。無意識に、お互いに最高のパフォーマンスを引き出そうとしているのだと思います。

本書誕生のいきさつは冒頭に書かれている通りですが、実はあれ以来今に到るまで、編集の安藤さんからずっと謎かけのように、「邪悪なものとは何か」というテーマで書けと言われ続けているんです。というのも、正に本書のテーマで内田先生と甲野善紀先生と一晩語り合って本にしようということになったのですが、有馬温泉の旅館に泊まって鴨鍋を食べて、僕らはすっかり悦に入ってしまった。宗教、犯罪、UFO、邪悪な闇をめぐってディープな話が、もう打ち出の小槌のように出て来た結果、あまりにディープな話だったので、全部お蔵入りになってしまったからなんですね（笑）。

その晩のことでひとつ鮮明に覚えていることがあって、内田先生が突然、「臨床的にみて邪悪なものの本質って何なんですか？」と尋ねられたんです。僕は発作的に、「世界を一色に塗りつぶそうとすることです」と答えました。もう十年前の発言ですが、当たらずとも遠からず本質を突いていたことを、本書を読んで再確認しました。

どれだけその主張が正しくても、ひとつの法則にあてはめ、強要しようとすることは邪悪です。この正しさに相手を染めてやろうと思ったときに、たとえ普段その人がいい人であっても邪悪なものが起動する。それは必ず人を疲弊させ、人生を台無しにします。邪悪なものさえ、正しいことは言うのです。

「正義の人」が権利主張をするとき、しばしば怒りとセットになっています。とにかく機嫌が悪いんですね。周りのせい、社会のせい、国家のせいにして、不満を抱えています。臨床の場で僕は常々、「怒りすぎたらいけません。怒りを原動力にしていたら、人生破壊されますよ」と言ってきましたが、怒っている人は、自分と少しでも利益の相反する人を敵対視します。

でも、本当に自分が社会のなかで、ある幸せや平和を享受したかったら、まずは「機嫌よくふるまうこと」が必須なんです。世界を変えるのではなくて、まずは現状の世界と和解する。怒っている人には心を開きにくいでしょう。機嫌のいい人こそ人を動かしていける。

機嫌が良くなったら、いろいろな社会の不備に不満ではなく、「あれ?」と興味を持つようになります。「なんでこんな下手なことをやっているのかな」「もっとこうしたほうがみんな楽になれるのに」と関心がもてる。つまり、変えたい物事が「他人目線」になるんですね。自分が主張する前に、この人はこんな点で困っているんだなと、視野が広がって他人が見えてきます。

さらにいえば、機嫌よく、現状の世界と和解できている人は、目の前の現実をありのままに認識しやすいんです。「何をいちばん初めにやるべきか」がわかる。たとえば、救急に誰かが運ばれてきたとき、まずはCTをとるべきか、先に止血すべきか……即座にプラクティカルな判断をしなくてはいけない。そんな喫緊の状況下で、現実をクールに受け入れて、さっと身体を動かしていくことができる。神戸震災後の内田先生のふるまいは、そのよい例でしょう。

本書では、さまざまな政治的問題から、コピーキャット型犯罪、霊的体験とのつきあい方までが扱われています。それらを論じるときの内田先生にはつねに、「明るいニュートラルさ」があります。怒りや不安や、恐怖といった身を固くするものから解放された状態――そんなニュートラルな構え、知的耐性とは、じつはご機嫌でいることから生まれてくるんです。内田先生自身、大変気分のいいお人柄で、会うといつもわくわくします。

これからは、不機嫌でないと権利主張ができないといった刷り込みは捨てて、「あの人は機嫌がいいから、言ってることも信用してみよう」と、見方を変えてみませんか？

明るいニュートラルという知性の強みは、「わけのわからないもの」に面した際にはっきりと表れます。僕は、霊的体験についての記述をいちばん面白く読みましたが、内田先生は「既存のカテゴリーにうまく収まらないもの」があってもいいじゃないかというスタンスです。宗教体験という「よくわからないもの」の宝庫を、様々な仮説の生成をうながす栄養豊かな培養基として捉えている。

科学は再現性が可能かを第一定義にしていますが、でも考えてもみてください。たとえばある芸術作品をみたときに、ある人は人生が変わるくらい感動して、でもある人にとってはそれがすごくグロいもので、二度とみたくないと思う。そんな感覚の大きなズレはよくある話です。

霊とは何かといったら、いわば一般の共通感覚のなかには起こり得ない、超個人的なというカッコ付の現実体験なんだと思います。映画を観て「あのシーンの車の車種は…」と言ったら誰とでも認識を共有できるけれども、霊的世界と言われるものはその共有の幅がきわめて狭い。ある意味、他との共有の幅が広いエリアをわれわれは現実と呼び、共有の幅が狭い固有の経験を霊的と呼んでいるのではないでしょうか。

だから、霊的体験と何でも結びつけるという向きも、それを頑なに否定する趣向も、どちらもちょっと知性が足りないと思います。自分の既知の体験や価値観に固執して、わからないものを拒絶している。そういうこともあるかもしれないな、という距離感を保つことが大切なんです。

　霊的なものに、恐怖心やある種の先入観をもてば、かえってそれは幻視や錯覚を生むことになります。恐れをもたないで、それをよき体験だと思えたときにはじめて有益な経験として自身に同化されるわけです。だからこそ、ニュートラルな構えが必要なんだと思います。

　さらにはカントの「先験性」ではないですが、「わけのわからないもの」を先験的な歴史感覚のなかで捉える――つまり今生起していることを、あたかも過去に繰り返されていることであるかのような感性で受け止めていくと、新たな知見がどんどん引き出されてきます。ある種、自前営業のアカシックレコードのような、つまり普遍的な情報網に自分がアクセスしたかのような知的生産が瞬間的に起こったりする。そんな知が本書ではダイナミックに展開されてもいます。

さて、抑圧的な現代社会において多くの人は〝傷ついて〟います。邪悪なものから受けた過去の外傷をどう乗り越えるか――「鎮め方」の知恵は本書のもうひとつの重要なテーマですが、僕は、トラウマにはあまり善悪の区別をつけていません。

トラウマを「傷」と訳すと痛いもの、嫌なものという意味になりますが、記憶のなかで未消化なまま残ってしまったものの刻印と捉えると、じつはそれは「聖痕」にもなり得るんです。その人の記憶のなかで解釈できない謎は、外傷ではなく、聖痕化できる可能性を秘めていると思います。

「じゃあどうしたらいいんですか？」という問いには、僕は「まず朝早起きしてください」と答えます。「なるべく、ちょっとでも毎日機嫌よくしてくださいね」と。あるいは「朝五分でいいから早く起きて深呼吸して、誰かのために五秒祈ることを十日間やってみませんか」と勧めてもいます。

もちろん症状に応じて様々な対応は必要ですが、まず隗より始めよ――精神的に一歩踏み出す基礎体力は、じつはこんなところから生まれてくるのです。

隗より始める日々のヒントに満ちたこの本もまた、そんな効用が大いに含まれていることでしょう。

（精神科医）

単行本　二〇一〇年一月　バジリコ刊

邪悪《じやあく》なものの鎮《しず》め方《かた》

定価はカバーに
表示してあります

2014年1月10日　第1刷

著　者　内《うち》田《だ》　樹《たつる》

発行者　羽鳥好之

発行所　株式会社　文藝春秋

東京都千代田区紀尾井町 3-23　〒102-8008
TEL　03・3265・1211
文藝春秋ホームページ　http://www.bunshun.co.jp

落丁、乱丁本は、お手数ですが小社製作部宛お送り下さい。送料小社負担でお取替致します。

印刷・大日本印刷　製本・加藤製本

Printed in Japan
ISBN978-4-16-790015-1

（　）内は解説者。品切の節はご容赦下さい。

内田　樹《たつる》
子どもは判ってくれない
正しい意見を言ったからといって、人は聞いてくれるわけじゃない。大切なのは、「その言葉が聞き手に届いて、そこから何かが始まる」こと。そんな大人の対話法と思考を伝授！（橋本　治）
う-19-1

内田　樹
私の身体は頭がいい
身体の判断は誤らない——武道家でありレヴィナス研究者である著者が放つ最強の身体知。危機管理法から胆力の付け方まで、よりよく生きるための武術的思考法を伝授！（平尾　剛）
う-19-2

内田　樹
街場の現代思想
「バカ組・利口組」に二極化した新しい階層社会が形成されつつある日本で求められる文化資本戦略とは何か？　結婚・お金・転職の悩み……著者初の人生相談も必読！（橋本麻里）
う-19-3

内田　樹
知に働けば蔵が建つ
弱者が負け続ける「リスク社会」をなぜ日本は選択してしまったのか。「武術的思考」や「問いの立て方を変える」など具体的な視座から、未来への希望と真の教養を問う時評集。（関川夏央）
う-19-4

内田　樹
こんな日本でよかったね
構造主義的日本論
少子化問題は存在しない。格差社会とは金の全能性に対する過大な信憑がもたらしたもの。労働から遁走する若者にどう対処するか。内田センセと一緒に考える現代日本の病理。（江　弘毅）
う-19-5

内田　樹・平川克美
東京ファイティングキッズ・リターン
悪い兄たちが帰ってきた
「若いやつらにばあんと説教」、そんな依頼に応えた論壇の異端児が往復メールでファイトするのは、「詩と反復」『ブリコラージュ的知性について』ほか。対談も併録。（鷲田清一）
う-19-6

内田　樹
街場のアメリカ論
大学院の演習での講義と聴講生たちとの対話をベースに、日米関係、ファースト・フード、戦争経験、児童虐待、キリスト教などからアメリカを読み解く画期的な論考。（町山智浩）
う-19-7

（　）内は解説者。品切の節はご容赦下さい。

身体を通して時代を読む　武術的立場
甲野善紀・内田　樹

日本が抱える喫緊の課題を、介護・教育の現場からも注目を浴びる武術研究者の甲野氏と、フランス現代思想の研究者にして合気道家の内田氏が語り尽くした武術的憂国対談。（國吉康夫）

う-19-8

ひとりでは生きられないのも芸のうち
内田　樹

ウチダ先生と一緒に考える結婚のこと、家族のこと、仕事のこと。現代社会を生きのびるための示唆にあふれたエッセイ集。特別座談会「お見合いは地球を救う」を併録。（鹿島　茂）

う-19-9

映画の構造分析　ハリウッド映画で学べる現代思想
内田　樹

『エイリアン』と「フェミニズム」、『大脱走』と「父殺し」、「ヒッチコック」と「ラカン」etc.ハリウッド娯楽大作に隠されたメッセージを読み解く著者の初期代表作。（鈴木　晶）

う-19-10

レヴィナスと愛の現象学
内田　樹

難解をもって知られるユダヤ人哲学者E・レヴィナスの画期的な入門書。哲学史に屹立する碩学の思想を、〈自称弟子〉が武道家的に読み解く「レヴィナス三部作」第一弾。（釈　徹宗）

う-19-11

他者と死者　ラカンによるレヴィナス
内田　樹

現代思想にそびえ立つJ・ラカンとE・レヴィナス。卓越した二つの知性が立ち向かった困難な課題を武道家的に思索する、著者のライフワークたる「レヴィナス三部作」第二弾。（門脇　健）

う-19-12

昭和のエートス
内田　樹

敗戦という巨大な「断絶」を受け入れた〝昭和人〟。彼らの規範に則るなら、市場原理に翻弄される現代の日本は、どのように映るのだろうか。独特の視座から鋭利に語る。（鷲田清一）

う-19-13

（　）内は解説者。品切の節はご容赦下さい。

阿川弘之
人やさき　犬やさき
続 葭《よし》の髄《ずい》から
歴史への洞察と深い見識、そして屈指の名文で、昭和を、日本語を語り、世相を論じる。国を愛し憂うるが故に、時に厳しく時にホロリと。好評の「文藝春秋」巻頭随筆、第二集。
あ-4-8

阿川弘之
エレガントな象
続々 葭《よし》の髄《ずい》から
女系天皇の是非を論じ、怪しげな片仮名外来語の跋扈に怒る。亡き友・阪田寛夫の思い出を語り、「田螺の歌」の謎を探る。美しく品格ある日本語で綴られた「文藝春秋」巻頭随筆、第三集。
あ-4-9

井上ひさし
ボローニャ紀行
文化による都市再生のモデルとして名高いイタリアの小都市ボローニャ。街を訪れた著者は、人々が力を合わせ理想を追う姿を見つめ、思索を深める。豊かな文明論的エセー。（小森陽一）
い-3-29

池波正太郎
池波正太郎の春夏秋冬
画文にこめた映画の楽しみ、心許す友と語る小説作法や芸談。往時を懐かしみ、老いにゆれる心をみつめる随筆。ファン必見の年賀状や豊子夫人の談話も収録し、人生の達人の四季を味わう。

い-4-51

池波正太郎
夜明けのブランデー
映画や演劇、万年筆に帽子、食べもの日記や酒のこと。週刊文春に連載されたショート・エッセイを著者直筆の絵とともに楽しめる穏やかな老熟の日々が綴られた池波版絵日記。（池内　紀）
い-4-90

石原慎太郎
わが人生の時の人々
『太陽の季節』で鮮烈なデビューを飾った著者の幅広き痛快交友録。文壇の巨匠、華々しき芸能界のスターたち、政治家、財界のトップ、スポーツ選手らが綺羅星のごとく登場。（田辺聖子）
い-24-8

梅原　猛
宗教と道徳
混迷の21世紀を生き抜くために何を信じ、どう考えるべきか？巨大なマイナスに襲われた今こそ粘り強くマイナスをプラスに変えていく見識・展望が求められる。梅原流随想集の決定版！

う-10-4

（　）内は解説者。品切の節はご容赦下さい。

遠藤周作
生き上手　死に上手
死ぬ時は死ぬがよし……だれもがこんな境地で死を迎えたい。でも死はひたすら恐い。だからこそ死に稽古が必要になる。周作先生が自らの失敗談を交えて贈る人生セミナー。（矢代静一）
え-1-12

江藤　淳
妻と私・幼年時代
夫婦とは、告知とは、生と死とは何かを問い、読者の大きな反響を呼んだ「妻と私」と、絶筆「幼年時代」、石原慎太郎、吉本隆明、福田和也各氏の追悼文を収録。江藤淳処決までのすべて。
え-2-12

小沢昭一
散りぎわの花
メンコ、ビー玉、竹馬に始まり、競馬、俳句……と半世紀以上タップリ遊んできました。でも当分、散りませんよ。浮き世ですから。遊びゴコロ満載のしみじみエッセイ集。（辰濃和男）
お-4-7

開高　健
私の釣魚大全
まずミミズを掘ることからはじまり、メコン川でカチョックという変な魚を一尾釣ることに至る国際的な釣りのはなしと、井伏鱒二氏が鱒を釣る話など、楽しさあふれる極上エッセイ。
か-1-2

亀山郁夫
あまりにロシア的な。
国家崩壊から三年後のロシアで、白夜が狂気に導く〝ペテルブルグ病〟にかかり、酔いどれたちの坩堝で芸術・文学と向き合う日々。異色のロシア体験記がここに！（やなぎみわ）
か-58-1

小林秀雄
考えるヒント
常識、漫画、良心、歴史、役者、ヒットラーと悪魔、平家物語などの項目を収めた「考えるヒント」に随想「四季」を加え、「ソヴェットの旅」を付した明快達意の随筆集。（江藤　淳）
こ-1-8

小林秀雄
考えるヒント2
忠臣蔵、学問、考えるという事、ヒューマニズム、還暦、哲学、天命を知るとは、歴史、など十二篇に「常識について」を併載して、いま改めて考えることの愉悦を教える。（江藤　淳）
こ-1-9

（　）内は解説者。品切の節はご容赦下さい。

城山三郎
嬉しうて、そして…
徹底した人間観察で、政治とは、経営とは何かを問い続けた城山三郎さんの残した言葉は、限りなく重い。絶筆「私の履歴書」をはじめ、晩年のエッセイを中心に四十篇を収録。
し-2-30

澁澤龍彥
秘密結社の手帖
グノーシス派、薔薇十字団、フリーメーソン――。歴史の裏側から絶えず社会に影響を及ぼしてきた、排他的かつ陰謀の匂いに満ちた謎の集団の歴史と実態を語るエッセイ集。（藤代冥砂）
し-21-6

塩野七生
男の肖像
人間の顔は時代を象徴する。幸運と器量に恵まれた歴史上の大人物、ペリクレス、アレクサンダー大王、カエサル、織田信長、千利休、西郷隆盛、ナポレオンなど十四名を描く。（井尻千男）
し-24-1

塩野七生
男たちへ
フツウの男をフツウでない男にするための54章
インテリ男はなぜセクシーでないか？　嘘の効用、男の色気と涙について――優雅なアイロニーをこめて塩野七生が男たちに贈る毒と笑いの五十四のアフォリズム。
し-24-2

須賀敦子
コルシア書店の仲間たち
かつてミラノに、懐かしくも奇妙な一軒の本屋があった。そこに出入りするのもまた、懐かしくも奇妙な人びとだった。女流文学賞受賞の著者が流麗に描くイタリアの人と町。（松山　巖）
す-8-1

須賀敦子
ヴェネツィアの宿
父や母、人生の途上に現れては消えた人々が織りなす様々なドラマ。「ヴェネツィアの宿」「夏のおわり」「寄宿学校」「カティアが歩いた道」等、美しい文章で綴られた十二篇。（関川夏央）
す-8-2

曽野綾子
誰のために愛するか（全）
その人のために死ねるか――真摯にして厳しい問いの中にこそ、本当の愛の姿が見える。嫁と姑。息子と母親。友人。夫婦。人間同士の関係が不思議で愛しくなるエッセイ集。（坂谷豊光）
そ-1-19

（　）内は解説者。品切の節はご容赦下さい。

高峰秀子
にんげん住所録
小津先生と一緒に行った「お茶の水」、クロサワが手の甲に置いた「蚊」、美智子妃から届けられた思いがけぬ一筆など、極上の思い出を端正で歯切れのよい語り口で綴ったエッセイ集。
た-37-10

高峰秀子
いっぴきの虫
松下幸之助、有吉佐和子、東山魁夷、木村伊兵衛、藤山寛美、梅原龍三郎——各界の一流の人物との対話を軸に綴られたエッセイ集。二十余の人々から不変の真理と肉声を引き出した傑作。
た-37-11

徳岡孝夫
妻の肖像
妻にガンが宣告された。残り時間は少ない——。稀代の名文家が妻との四十五年、そして別れを渾身の力を振り絞り綴った。愛しき人を持つすべての人に、本書を捧げます。（石井英夫）
と-14-2

中野孝次
ハラスのいた日々　増補版
一匹の柴犬を〝もうひとりの家族〟として、惜しみなく愛を注ぐ夫婦がいた。愛することの尊さと生きる歓びを、小さな生きものに教えられる、新田次郎文学賞に輝く感動の愛犬物語。
な-21-1

中野孝次
清貧の思想
日本はこれでいいのか？　豊かさの内実も問わず、経済第一とばかりひた走る日本人を立ち止まらせ、共感させた平成のベストセラー。富よりも価値の高いものとは何か？　（内橋克人）
な-21-3

南木佳士
からだのままに
人生の難所を越え、五十も半ばを過ぎてたどり着いた静穏な日々。医師・作家としての二十五年を語り、「からだ」『生』『愛する者』に向き合う、じんと身に優しくしみわたるエッセイ集。
な-26-16

南木佳士
生きのびる からだ
死の淵に引き寄せられた日々を遠く離れた今、生きのびたわが身、自然に開かれたからだのしぶとさを知る——。しみじみと、身の内を温かいもので満たされる、滋味溢れるエッセイ集。
な-26-19

（　）内は解説者。品切の節はご容赦下さい。

中島義道
孤独について
生きるのが困難な人々へ
戦う哲学者による凄絶なる半生記。誰からも理解されない偏った少年時代、混迷極まる青年時代、そして、孤独を磨き上げ、能動的孤独を選び取るまでの体験と思索。（南木佳士）
な-54-1

半藤末利子
漱石の長襦袢
漱石夫妻の長女として生まれた筆子を母に持つ著者が「やさしくて厳しいリアリストの目」で綴った35篇のエッセイ集。漱石誕生百年に際して発表された筆子の原稿も収録。（池内　紀）
は-43-1

藤沢周平
帰省
創作秘話、故郷への想い、日々の暮らし、「作家」という人種について——没後十一年を経て編まれた書に、新たに発見された八篇を追加。藤沢周平の真髄に迫りうる最後のエッセイ集。
ふ-1-50

遠藤展子
藤沢周平　父の周辺
「オバQ音頭」に誘われていった夏の盆踊り、公園でブランコを押してもらった思い出……「この父の娘に生まれてよかった」という愛娘が、作家・藤沢周平と暮した日々を綴る。（杉本章子）
ふ-1-91

細川護熙
ことばを旅する
芭蕉、武蔵、正岡子規……。古典や美術の造詣も深い細川元首相が座右の名言名句にいざなわれ、全国48のゆかりの地を旅した。豊富なカラー写真とともにめぐる、細川流紀行エッセイ。
ほ-16-1

丸谷才一
双六で東海道
「宮本武蔵はなぜ決闘に遅刻したか?」から「幕末史を変えた桜餅屋の十五の娘!」まで。頭に栄養、心にゆとりを与えてくれる傑作エッセイ。読めばかならず元気がでます。（渡辺　保）
ま-2-23

丸谷才一
月とメロン
「フレンチ・キスの普及はフランス内務省による陰謀である」「ヤクザの親分に教わった喧嘩の極意」「日本人の背広とシャツが地味な理由」など、十五篇の極上エッセイ。（奥本大三郎）
ま-2-24

（　）内は解説者。品切の節はご容赦下さい。

丸谷才一
人形のＢＷＨ
「戦国時代を心理学で分析する」から「ミシュラン東京版への決定的批判」「直木賞秘話」まで、愉楽のエッセイ十七篇。円熟した知性とユーモアの藝を存分に堪能できる一冊。（鴻巣友季子）
ま-2-25

三島由紀夫
行動学入門
行動は肉体の芸術である。にもかかわらず行動を忘れ、弁舌だけが横行する風潮を憂えて、男としての爽快な生き方のモデルを示したエッセイ集。死の直前に刊行された。（虫明亜呂無）
み-4-1

三島由紀夫
若きサムライのために
青春について、信義について、肉体について……わかりやすく、そして挑発的に語る三島の肉声。死後三十余年を経ていよいよ新鮮！　若者よ、さあ奮い立て！（福田和也）
み-4-2

三浦哲郎
おふくろの夜回り
故郷を思い、亡き父母を追慕し、日々の生活を静かに見つめる。肺腑に届く言葉の数々。名文家で知られた著者最後の随筆集。確かで美しい日本語がここにある。（秋山　駿）
み-5-9

向田邦子
父の詫び状
怒鳴る父、殴る父、そして陰では優しい心遣いをする父。明治生まれの父親を中心に繰り広げられる古き良き昭和の中流家庭を、ユーモアを交えて描いた珠玉のエッセイ集。（沢木耕太郎）
む-1-21

向田邦子
森繁の重役読本
作・向田邦子、朗読・森繁久彌の名コンビによるラジオエッセイ「森繁の重役読本」。昭和三十七年から八年に亘り放送された二四四八回から選りすぐりを収録した、邦子の本格的デビュー作。
む-1-25

村上春樹・吉本由美・都築響一
東京するめクラブ　**地球のはぐれ方**
村上隊長を先頭に、好奇心の赴くまま「ちょっと変な」所を見てまわった、トラベルエッセイ。挑んだのは魔都・名古屋、誰も知らない江の島、ゆる～いハワイ、最果てのサハリン……。
む-5-8

（　）内は解説者。品切の節はご容赦下さい。

村上春樹
意味がなければスイングはない
待望の、著者初の本格的音楽エッセイ。シューベルトのピアノ・ソナタからジャズの巨星にJポップまで、磨き抜かれた達意の文章で、しかもあふれるばかりの愛情をもって語り尽くされる。

む-5-9

村上春樹
走ることについて語るときに僕の語ること
八二年に専業作家になったとき、心を決めて路上を走り始めた。走ることは彼の生き方・小説をどのように変えてきたか？　村上春樹が自身について真正面から綴った必読のメモワール。

む-5-10

山本夏彦
最後の波の音
小泉首相の靖国神社参拝に始まった、日中・日韓問題、〝ホリエモン〟に代表されるIT関連企業騒動や米国産牛肉問題など、もし、著者が生きていればどのように取り上げただろうか。

や-11-18

山崎豊子
『大地の子』と私
胡耀邦総書記との中南海での異例の会見、労働改造所、未開放地区への初めての取材、「三度捨てないで！」と叫ぶ戦争孤児たち……日本中を涙と感動でつつむ『大地の子』取材執筆の秘話。

や-22-5

吉村　昭
街のはなし
食事の仕方と結婚生活、茶色を好む女性の共通点、街ですれ違う気になる人、旅先でよい料理屋を見つける秘訣……。温かく、時に厳しく人間を見つめる極上エッセイ七十九篇。（阿川佐和子）
よ-1-34

吉村　昭
ひとり旅
終戦の年、空襲で避難した谷中墓地で見た空の情景、小説家を目指す少年の手紙、漂流記の魅力について——事実こそ小説であるという著者の創作姿勢が全篇にみなぎる、珠玉のエッセイ。

よ-1-47

養老孟司
異見あり
脳から見た世紀末
政治・経済の混迷から、学級崩壊まで。解剖学者の驚異的な好奇心は、世紀末日本の種々の様相をいかにとらえたか？　「週刊文春」で好評連載されたコラムほかを収録。（古舘伊知郎）
よ-14-4